LE
ROMAN D'UN PÈRE

OUVRAGES DU MÊME AUTEUR

ROMANS

THÉATRE

(1) Chacun de ces volumes forme un épisode séparé des *Compagnons du glaive.*

IMPRIMERIE GÉNÉRALE DE CHATILLON-SUR-SEINE. — JEANNE ROBERT.

LÉOPOLD-STAPLEAUX

LE

ROMAN D'UN PÈRE

PARIS

E. DENTU, ÉDITEUR

LIBRAIRE DE LA SOCIÉTÉ DES GENS DE LETTRES

PALAIS-ROYAL, 15, 17 ET 19, GALERIE D'ORLÉANS

—

1878

LE
ROMAN D'UN PÈRE

I

Les boulets allemands et ceux que Versailles et Paris échangèrent pendant la terrible guerre civile qui marqua cette sinistre folie nommée, on ne sait pourquoi, la Commune, n'avaient pas broyé Chatou comme ils ont anéanti quelques-uns des environs de Paris, notamment Saint-Cloud.

Les riantes villas qui bordent le chemin qui conduit à l'île de Croissy furent épargnées.

Au milieu de cette route, dans les premiers jours du mois de juillet 1872, un homme d'une

soixantaine d'années, accompagné de deux
jeunes filles, s'arrêta à la voix de l'une d'elles
qui, en désignant du geste un écriteau suspendu
à une grille, — écriteau ainsi conçu :

CHALET A LOUER

S'ADRESSER A M. HENRI RENAUD, MÊME ROUTE, 20

s'était écriée :

— Tiens, père, ceci est charmant ! N'est-ce
pas, Marguerite ?

A cette demande, l'autre jeune fille répondit :

— Oui, en effet ; Angèle a raison, mon
oncle.

— Entrons alors, mes enfants ?

Puis, relisant l'écriteau, le promeneur
ajouta :

— Henri Renaud. Je connais ce nom-là !
Serait-ce le célèbre architecte ?

— Nous sommes au numéro 22 ! reprit
Angèle.

— Ce doit être l'autre grille.

— Remontons.

Quelques instants après, le vieillard sonnait au numéro 20, c'est-à-dire à la villa Renaud.

Ursule, la vieille bonne de Renaud, dont les longs services avaient établi la suprématie sur les autres domestiques, entendant, malgré sa surdité, la cloche retentir, ne tarda pas à aller ouvrir aux étrangers.

Henri était chez lui.

Ursule vint bientôt annoncer à son maître qu'un vieux monsieur, accompagné de deux jeunes filles, désirait lui parler.

L'architecte — car la supposition du promeneur était exacte — donna immédiatement l'ordre à Ursule de les introduire près de lui.

Quelques instants après la porte du salon dans lequel se trouvait Henri s'ouvrit pour livrer passage aux visiteurs.

— Serait-ce à M. Henri Renaud, le célèbre architecte, que j'ai l'honneur de parler? demanda le vieillard en saluant l'artiste qui s'était levé en le voyant entrer avec les deux jeunes filles.

— Je m'appelle, en effet, Henri Renaud, et je suis architecte, répondit-il; quant à la célébrité que vous me faites l'honneur de m'attribuer, monsieur, je ne crois pas encore l'avoir méritée.

— Cette modestie vous honore, dit le nouveau venu en prenant place, comme venaient de le faire Marguerite et Angèle, sur les siéges que Renaud, tout en parlant, leur avait offerts du geste; mais, continua-t-il, je suis artiste moi-même, et entre nous nous pouvons, franchement et sans crainte, convenir de notre mutuelle valeur!

— A qui ai-je l'honneur de parler, monsieur?

— Ferrand.

— Le peintre?

— Lui-même.

— Voulez-vous me faire l'honneur de me donner votre main, monsieur? Je serais véritablement fier de la serrer dans la mienne, car j'ai toujours été votre admirateur passionné, monsieur Ferrand! dit Henri.

— Très-volontiers, cher monsieur Renaud. Et maintenant, si vous le voulez bien, causons affaires.

— Je vous écoute.

— En passant sur la route, ma fille, ma

nièce et moi, reprit l'artiste en désignant Angèle
puis Marguerite, nous avons vu un écriteau suspendu à la grille de la villa qui se trouve à
côté de celle-ci.

— Ah! celui qui met en location mon
chalet.

— Oui, nous cherchons une campagne; et,
au cas où vos exigences de propriétaire ne dé-
passeraient pas les ressources de mon budget,
je serais heureux de devenir votre locataire,
si toutefois votre chalet est assez vaste pour
nous trois, et si j'y trouve une salle assez
grande pour que je puisse en faire mon atelier.

— J'ai loué ce chalet dix-huit cents francs,
je le céderai à quinze cents aujourd'hui.

— Ce prix me convient.

— Quant à la question de savoir si vous le
trouverez assez vaste pour ces demoiselles et
vous, sachez que mes derniers locataires étaient
au nombre de six, et qu'ils s'y trouvaient parfaitement à l'aise.

— Pouvons-nous visiter le chalet?

— Parfaitement.

Ferrand prit le bras d'Angèle.

Henri offrit le sien à Marguerite.

Et ils se dirigèrent vers le chalet.

Ferrand, nous l'avons dit déjà, était un homme de soixante ans.

Son physique respirait tout à la fois l'intelligence, la simplicité et la bonté. Ses petits yeux, aux regards perçants, qu'abritaient des sourcils grisonnants, renfermaient une grande douceur mélangée d'une certaine pénétration relative qui, indifférente à ce qui ne se rattachait point à son art, apportait au contraire une puissance extrême à tout ce qui y touchait. Son sourire était aimable, ses joues colorées s'encadraient de favoris grisonnants.

Sans être négligée, sa mise était d'ordinaire d'une simplicité extrême, et toute la coquetterie du peintre consistait dans une cravate blanche qu'ornait toujours un nœud irréprochable confectionné chaque matin par Angèle, avec autant d'art que de complaisance filiale.

Nous ferons bientôt plus ample connaissance avec Renaud et les deux jeunes filles, pour l'instant, rejoignons-les dans le jardin de l'architecte.

Les deux propriétés, celle à louer et celle

qu'habitait l'artiste, étaient séparées par un gros mur qui assurait par son élévation, aux propriétaires comme à ses locataires, une liberté d'action complète.

Pendant qu'ils cheminaient vers le chalet vide, Henri échangea avec la nièce du peintre quelques mots qui lui prouvèrent à l'instant que l'intelligence de la jeune fille égalait sa beauté, ce qui n'étonna point médiocrement Renaud, dont les regards tout d'abord avaient été frappés par les charmes de Marguerite.

De cet étonnement et de cette constatation, naquit immédiatement dans l'esprit de l'architecte le plus profond désir d'avoir Ferrand pour locataire, et dans ce désir, il est à peine besoin de le dire, l'idée que Marguerite serait sa voisine, entra pour les sept huitièmes au moins.

Chose bizarre, quelques instants auparavant ces êtres ne s'étaient jamais vus ; sans la guerre même et à la suite de certains événements dramatiques que nous raconterons bientôt, il est plus que probable qu'Henri et que Marguerite n'eussent jamais été mis en présence, et par le plus banal de tous les hasards — un écriteau de location suspendu à la grille d'un

chalet — l'un d'eux rêvait vaguement d'être
pour quelque chose dans l'existence de l'autre.

Le sort règle souvent ainsi nos destinées.

On vit pendant bien longtemps, à une grande
distance l'un de l'autre, chacun est persuadé
que toute son existence se passera là où il se
trouve. Point. Un incident inattendu déplace
celui qui s'y attendait le moins. On se rencontre,
on se plaît, on s'aime !

L'espérance que venait de concevoir Renaud
était des plus fondées, car son chalet était charmant sous tous les rapports.

Angèle et Marguerite en firent un sincère
éloge, vantant la disposition du rez-de-chaussée,
le point de vue du premier étage, la poésie
du jardin, ses arbres nombreux et ses parterres
aux mille fleurs.

Ferrand ne disait rien, se contentant de faire
un geste d'une signification douteuse, à chaque
exclamation des jeunes filles.

Renaud comprenait le silence du peintre, et,
souriant sans ajouter aucune réflexion à celles
d'Angèle et de Marguerite, avec une délicatesse,
aussi louable qu'exceptionnelle, ménageait une
surprise à Ferrand.

— Je ferai de cette salle ma chambre; celle-ci
sera celle de Marguerite. La mienne au nord,
la sienne au midi, dit Angèle.

— Pourquoi me laisser la meilleure? objecta
Marguerite.

— Tu es plus nerveuse que moi, ma chère, tu
as besoin de soleil. N'est-ce pas, mon père?...
Ce cabinet sera notre boudoir... Là, nous pour-
rons faire notre chambre de travail... Vois la
belle vue, Marguerite. C'est ravissant !

— Et moi? fit enfin Ferrand.

— Oh! j'ai pensé à vous, mon père. Voici
votre chambre... Votre bibliothèque sera en
bas, entre le salon et la salle à manger.

— Oui, mais mon atelier, petite folle?

Angèle baissa la tête.

En parcourant tout le chalet, en se livrant
aux réflexions qui précèdent, elle avait oublié
ce point important.

— Ah! c'est dommage, reprit le peintre,
cette habitation m'aurait convenu à merveille,
et j'aurais été charmé d'être votre locataire et
surtout votre voisin, monsieur Renaud. Je vous
le répète.

— Merci, monsieur, dit Henri, mais pour

1.

vous prouver que la sympathie dont vous voulez
bien parler est réciproque entre nous, je vais
d'un mot vous décider à me louer mon chalet.
Je ferai construire un atelier, et vous-même
pourrez, si vous le jugez convenable, surveiller
sa construction et la modifier au besoin. Eh
bien ! acceptez-vous ?

— De grand cœur, et merci. Ah ! nous serons
amis, j'espère.

— Certainement. Quoi de plus naturel, d'ailleurs, entre artistes qui s'estiment ainsi que nous
le faisons ?

Le peintre et l'architecte tombèrent d'accord, et le bail fut signé par eux, une heure
après.

Ferrand quitta Renaud, enchanté de lui et ne
doutant pas de la prompte exécution de la promesse qu'il lui avait faite.

L'avenir avait justifié cette certitude, car un
mois après la visite du peintre, qui était venu
immédiatement s'installer à Chatou avec Marguerite et Angèle, l'atelier dont Henri avait fait les
plans, était entièrement achevé.

Quinze jours avaient suffi à Ferrand pour
meubler le chalet à sa convenance, disposer le

salon, la salle à manger, son appartement particulier et les chambres, réunies par un cabinet,
d'Angèle et de Marguerite; et il avait passé
les quinze autres à surveiller la construction
de l'atelier.

Renaud avait cru plaire à Ferrand en lui laissant gouverner les ouvriers à sa guise; du reste
il aimait mieux contempler Marguerite et chercher à lire dans son beau regard un peu triste,
ou sourire à la fraîche gaîté d'Angèle, que de
contrecarrer en rien son nouvel ami.

Pendant que celui-ci, la tête dans les mains,
les yeux fixés sur le plan de l'atelier, méditait
toutes les améliorations qu'il pouvait introduire
dans sa construction, souvent Henri venait causer avec les jeunes filles et, sans mépriser nullement la conversation de son nouveau locataire,
lui préférait de beaucoup la mutine causerie de
sa fille et de sa nièce.

Cette préférence était fort compréhensible, car
Angèle Ferrand et Marguerite d'Alber étaient
réellement charmantes.

Angèle était brune, élancée, et offrait le type
le plus chaste et le plus idéalement complet
de la bacchante antique — avant la lettre.

Marguerite, au contraire, était blonde, avec des regards clairs et doux, purs et bleus comme un ciel de mai, et ressemblait à une nymphe timide qui aurait pu poser aussi heureusement pour le Printemps qu'Angèle, de son côté, l'eût pu faire, pour l'Automne.

Entre ces deux charmantes et adorables jeunes filles, Henri se sentait ravi et charmé tout à la fois.

Une vive sympathie s'éveillait en lui pour Angèle, mais son cœur s'ouvrait à l'amour pour Marguerite.

L'amour ! Renaud, dans toute sa vie, n'en avait eu qu'un seul de sérieux jusque-là, et depuis plus de vingt ans cet amour n'était plus qu'un pieux souvenir.

Il avait perdu Geneviève, sa première femme, au bout d'un an de mariage, quelques mois après qu'elle avait donné le jour à leur unique enfant : Richard.

Dès cet instant, reportant sur ce fils une partie de l'affection qu'il avait pour Geneviève, Henri s'était entièrement consacré à lui, travaillant pour devenir riche, afin de le mettre dans l'opulence, et ne s'en rapportant qu'à

Ursule du soin d'avoir pour son jeune fils toutes les attentions possibles.

Ursule s'était consciencieusement acquittée de sa mission, aussi Henri Renaud avait-il pour sa vieille bonne une affection véritable qui la lui faisait traiter, non comme une égale, mais moins encore comme une inférieure.

Partagé entre ses travaux et l'éducation de Richard, Renaud avait pris la résolution de ne point se remarier.

Lorsqu'il vit Marguerite, et surtout lorsqu'après l'installation de Ferrand et des deux jeunes filles dans la maison voisine, il put, grâce à l'entière et prompte intimité qui s'établit entre eux, apprécier toutes les qualités de mademoiselle d'Alber, il considéra comme possible une union nouvelle; puis captivé par la grâce, le charme et la douceur de la nièce du peintre, finit par s'éprendre d'elle et par se déterminer à contracter un second mariage, si elle consentait à devenir sa femme.

Ce ne fut point pourtant sans une hésitation assez longue qu'il revint sur sa résolution première.

Séparé depuis plusieurs années de son fils,

qu'il adorait, et qui se trouvait, en qualité de prix de Rome, à la villa Médicis, il craignit d'abord de froisser le cœur de Richard en donnant son nom à Marguerite.

Une correspondance s'établit entre le père et le fils, dans laquelle celle-ci usa d'une diplomatie dont il se croyait incapable jusque-là, parlant plus de l'utilité de son mariage que de sa future, dont le nom même ne figura point dans ses lettres.

Cet excès de précaution était fort inutile.

Richard, de son côté, aimait trop son père pour s'opposer en rien à la réalisation du moindre de ses désirs.

Rassuré sur ce point, Henri s'abandonna entièrement à son amour, et n'eut plus qu'un but : le faire partager à mademoiselle d'Alber.

II

Renaud avait alors quarante-quatre ans accomplis, mais il en paraissait trente-huit à
peine.

Il était bien de sa personne, et, sans pouvoir
passer pour ce qu'on nomme vulgairement un
joli homme, était fort capable d'inspirer encore
une passion sérieuse.

Sa physionomie, qui respirait la franchise,
l'intelligence et la loyauté, ses yeux bleus, grands
et doux, son sourire fin, sa démarche aisée, pleine
de distinction, ses gestes francs, sa parole facile,
sobre, aimable et remplie de délicatesse, son
esprit élevé, son imagination vive, le sentiment
artistique qui montait de son âme à ses lèvres
et leur donnait l'éloquence qui convainc et cap-

tive, étaient bien faits pour plaider puissamment
sa cause auprès de Ferrand et de Marguerite,
et leur arracher à tous deux le *oui* si ardemment
souhaité par lui.

Dès qu'il eut entrevu son union avec la nièce
du peintre comme un véritable bonheur, Renaud
mit tout en œuvre pour plaire à Ferrand et à
Marguerite, sans négliger cependant Angèle,
pour qui il avait senti naître en lui une vive
amitié, et dont l'acquiescement à ses projets lui
paraissait devoir être d'ailleurs indispensable à
leur prompte et complète réussite, vu l'affection
sans bornes qui unissait les deux cousines.

Ferrand se laissa prendre aisément au charme
naturel de son propriétaire en qui, non-seulement il trouvait un adversaire au tric-trac et aux
échecs, — les deux seules passions sérieuses
qu'en dehors de son art, le digne homme se fût
jamais permises, — mais encore un contradicteur
qui, tout en comprenant l'art à la façon des êtres
doués, dont il est le culte, prenait plaisir à sou-
lever ou à soutenir à son sujet des discussions
que l'oncle de Marguerite soutenait avec grand
plaisir.

Tous deux apportaient, dans ces controverses

fréquentés, une sorte d'entêtement, basé sur leurs convictions personnelles, qui tout en les animant, ne les leur rendait que plus agréables.

Angèle, de son côté, ne chercha pas à dissimuler longtemps la sympathie que lui inspira Renaud.

Henri savait plaisanter avec elle, lui parlait des choses qui intéressaient la joyeuse jeune fille et trouvait toujours une repartie vive, quoique bienveillante, aux innocentes saillies dont elle l'accablait souvent.

Seule Marguerite ne partagea point tout de suite l'enthousiasme de son oncle et de sa cousine pour l'architecte.

Elle le considéra d'abord avec indifférence, puis bientôt l'intuition des filles d'Ève, cette féminine pénétration si profonde et qui ne se trompe jamais, lui révéla l'amour qu'éprouvait Renaud pour elle. Dès cet instant, elle se montra instinctivement pleine de défiance vis-à-vis de lui, et usa d'une diplomatie que nulle femme n'a jamais apprise, mais qu'elles savent toutes, comme le poisson sait nager, l'oiseau voler, et l'homme... rien !

Ce n'était point qu'Henri lui déplût le moins

du monde, mais à la résistance innée chez la femme, qui fait que la plus innocente jeune fille se met en garde dès qu'elle découvre un homme épris d'elle, vint se joindre, chez Marguerite, une hésitation fondée sur un souvenir romanesque et terrible qui, à l'insu de tous, sauf d'Angèle, l'avait, croyait-elle, liée à une ombre.

Mademoiselle d'Alber, cette pure jeune fille, sur les lèvres de laquelle l'abeille de l'Hymète eût pu se poser aussi bien que sur celles de Platon, cette âme candide et naïve, miroir qui n'avait jamais reflété que les plus chastes pensées avait eu déjà cependant son roman d'amour.

Malgré cela, les tendres efforts de Renaud ne demeurèrent pas complétement sans résultat, et, tout en désirant échapper à leur influence, Marguerite ne put nier bientôt les progrès qu'Henri faisait chaque jour dans ses affections.

Renaud possédait, du reste, sans le savoir, dans Ferrand et sa fille, de dévoués auxiliaires à ses projets. Dès qu'il n'était pas là, Angèle et le peintre ne tarissaient point d'éloges à son endroit, si bien que, malgré le scrupule de Marguerite, elle dut bientôt rendre justice aux

nombreuses et brillantes qualités de l'architecte.

L'aveuglement inhérent à tout amour sincère
vint s'ajouter à la timidité native de Renaud,
ce qui fit que les premières hésitations de Marguerite ne furent même point soupçonnées par
lui.

Les moindres paroles, les moindres gestes
de mademoiselle d'Alber lui semblaient natu-
rels et charmants, et déjà résolu à lui faire
l'aveu de son amour, il remit chaque jour l'exécution de ce projet, trouvant un doux et extrême
plaisir à prolonger son mutisme, afin de dou-
bler le bonheur qu'il éprouverait en le disant
tout à Marguerite.

Lorsqu'il n'y tint plus, ce fut à Ferrand
qu'il s'adressa d'abord.

C'était un soir.

L'installation du peintre et des deux jeunes
filles était complétement terminée depuis un
mois.

Ferrand avait invité à dîner son cher propriétaire, ainsi qu'il nommait Henri.

Le repas achevé, le peintre et Renaud avaient
allumé des cigares, tandis que les deux jeunes

cousines étaient allées faire un tour de jardin.

Renaud, ce jour-là, s'était montré plus empressé encore que de coutume envers mademoiselle d'Alber.

Dès qu'il fut seul avec le peintre, sa physionomie devint grave, et ayant aspiré avec lenteur quelques bouffées du londrès qu'il tenait entre les lèvres, il le déposa sur la table ; puis, arrêtant sur son hôte un regard interrogateur, il lui dit :

— Mon cher Ferrand, quel âge me donnez-vous ?

— Pourquoi, diable ! mon cher ami, me demandez-vous cela ?

— Que vous importe ! répondez-moi franchement, je vous en prie.

— Soit. Je sais que M. Richard, votre fils, a vingt-quatre ans ; donc vous devez en avoir environ quarante-quatre.

— Parfaitement raisonné. C'est, en effet, mon âge, et pourtant votre réponse ne me satisfait point ; car je ne vous ai pas demandé quel âge ai-je ? mais quel âge me donnez-vous, c'est-à-dire quel âge parais-je avoir ? puisqu'il faut vous mettre les points sur les *i*.

— De trente-sept à trente-huit ans.

— Sans flatterie?

— Trente-huit ans au plus, sans flatterie aucune. Après?

— Après, mon cher Ferrand, après...

Et Henri, au lieu de poursuivre, reprit son cigare qu'il se remit à fumer en silence pendant quelques secondes.

— Oui, après, répéta le peintre. C'est donc bien difficile à dire?

— Non. Après, mon cher Ferrand, c'est qu'avant de vous avoir pour locataire, je n'étais pas avec vos prédécesseurs dans des termes aussi affectueux que ceux dans lesquels je suis avec vous; c'est pourquoi au lieu de la haie qui séparait le jardin du chalet de celui de ma villa, j'avais fait construire le mur qui les divise. Or, ce diable de mur me prive d'une vue superbe, et si vous n'y voyiez pas d'inconvénient, je voudrais bien le faire abattre.

Fernand se mit à rire.

— Et vous me demandez quel âge vous paraissez avoir pour faire crouler votre muraille?

— Précisément.

— Connaissez-vous le problème du capitaine? Un trois-mâts ayant tant de longueur est
parti de Rio depuis deux semaines, ayant à bord
trente hommes d'équipage, trois mois de vivres,
deux canons, etc., etc., on demande quel est
l'âge du capitaine?

— Oui.

— Eh bien ! mon ami, je vous ai dit l'âge du
capitaine; pour Dieu, ne me parlez plus de son
navire, c'est-à-dire de votre mur, car j'avoue
que je 'm'y perds.

Henri sourit à son tour.

— Bah! je me risque, dit-il en s'armant
de courage. Encore une question, mon ami, ce
sera la dernière, et vous comprendrez tout.

— Parlez.

— Trouveriez-vous que je ferais une folie en
avouant à une jeune fille de vingt ans dont je
serais devenu amoureux, l'amour qu'elle m'aurait inspiré ; et si, touchée par cet amour, elle
daignait se laisser aimer par moi, ne paraîtrais-
je ridicule aux yeux de personne le jour où je
la prendrais pour femme?

— Nullement, fit le peintre avec conviction;
et il ajouta à part lui : Enfin, nous y voilà !

— Ah! vos paroles m'encouragent, et je vais...

— Vous allez me dire que vous êtes amoureux fou de Marguerite, et que vous voulez l'épouser, n'est-ce pas? Eh bien, c'est inutile, je le sais, mon ami.

— Quoi! vous avez surpris...

— Votre grand secret. Oui, mon cher Renaud, et votre étonnement prouve mieux encore que toutes les paroles que nous pourrions échanger ne le feraient que la disproportion d'âge que vous redoutez n'existe pas : car, permettez-moi de vous le dire, il faut que vous ayez le cœur relativement aussi jeune que le visage pour douter, comme vous le faites, que votre amour pour ma nièce puisse être encore un secret pour aucun de nous.

— Eh quoi! mademoiselle Marguerite aussi sait?...

— Je ne l'ai pas interrogée sur ce point. Je la connais, ma chère nièce : c'est une sensitive qui m'eût fermé complétement son cœur si j'avais abordé sans nécessité ce sujet délicat; mais ma fille m'en a dit deux mots; et comme sa cousine n'a pas de secret pour elle, Marguerite a dû lui en parler. Ah! je comprends maintenant l'âge du capitaine et de votre mur. Si vous devenez mon neveu, de même que Louis XIV a dit : « Il n'y a plus de Pyrénées! » vous vous écrierez : « Plus de muraille entre nous! » et les maçons feront le reste.

— Puis, le jardinier rétablira la haie.

— Une haie bien basse.

— Parbleu!

— Parfait.

Rien n'était plus vrai que la supposition de Ferrand sur les confidences de Marguerite à Angèle; car au moment où il la faisait, voici ce que sa fille disait au jardin, à mademoiselle d'Alber :

— M. Renaud parlera bientôt, sois-en sûre. Eh bien! s'il demande ta main, que répondras-tu?

— Le sais-je? fit Marguerite, en proie à une forte hésitation.

— Tu ne le trouves donc pas aimable?

— Si fait.

— Spirituel?

— Je ne dis pas non.

— Joli homme?

— J'en conviens.

— Eh bien, alors?

— Que te dirai-je?

— Ah çà! voudrais-tu mourir vieille fille, par hasard?

— Non.

— Je ne te comprends plus.

— Ne t'ai-je pas tout dit cent fois?

— Et que t'ai-je répondu, cent fois aussi?

— Tu n'as rien juré, toi?

— N'es-tu pas déliée de ton serment?

— J'interroge Dieu chaque soir, dans ma prière, pour le savoir, et Dieu, jusqu'ici, ne m'a pas répondu.

— Au contraire, puisqu'il a permis à un homme aussi parfait que M. Renaud de devenir amoureux de toi. Allons, plus d'hésitation, et embrasse-moi, madame.

— Mais es-tu sûre qu'il m'aime?

— Moins que tu n'en es convaincue toi-même, et je suis persuadée qu'il t'adore!

— Méchante!

— Parce que je veux que tu te maries?

— Et pourquoi y tiens-tu?

— Tu es l'aînée, cela me portera bonheur.

2

— Tu n'aimes personne, cependant.

— Non, mais je compte bien aimer quelqu'un.

— Et quand réaliseras-tu ce beau projet?

— Lorsque je rencontrerai un second M. Renaud; mais, malheureusement pour moi, il n'y en a qu'un.

— Tu cherches à me rendre jalouse!

— Je veux ton bonheur, et surtout effacer de ton souvenir ce vilain fantôme que je hais sans le connaître.

— Angèle! Angèle! je t'en conjure, ne me parle plus jamais de lui!

— J'y consens, si tu me promets de répondre oui à M. Renaud lorsqu'il demandera ta main. Va, crois-moi, c'est ton bonheur que je veux, je te le répète.

— Eh bien, je te promets de dire oui.

— A la bonne heure !

La voix de Ferrand, qui parut sur le seuil du jardin, dont l'obscurité envahissait les massifs, se fit entendre.

— Marguerite! Angèle! que faites-vous donc?

— Nous causons, mon père.

— La nuit est un peu fraîche, nos cigares sont terminés : venez, mes enfants, venez !

Quelques minutes après, les deux jeunes filles rentrèrent dans la salle où Renaud était resté seul pendant quelques instants.

Ce ne fut pas sans une vive émotion que Henri vit reparaître celle qu'il aimait ; car Ferrand, après lui avoir donné son consentement à son mariage avec Marguerite, tout en lui déclarant qu'il laisserait celle-ci complétement libre de son choix, l'avait fortement engagé à interroger le soir même la jeune fille.

La conversation fut d'abord banale, et se ressentit beaucoup de la visible contrainte de Renaud et de Marguerite.

Au bout d'une demi-heure, le peintre pria Angèle de faire le thé.

Celle-ci sortit immédiatement pour aller prendre ce qu'il fallait afin d'exécuter cet ordre.

Dès qu'elle eut disparu Ferrand la suivit, et ainsi Henri se trouva tout à coup seul avec Marguerite.

Mademoiselle d'Alber brodait.

Au bruit que fit la porte en se refermant

sur son oncle, Marguerite sembla prise d'une
activité nouvelle, et elle parut apporter dans son
travail une extrême attention.

Au contraire de Petit-Jean, en cas semblable,
ce qu'un amoureux sait le moins, c'est son commencement.

Il y eut d'abord un long silence, qui parut
être un siècle à Renaud et à la jeune fille, puis
il fit un suprême effort, et d'un ton relativement assuré, dans lequel il s'efforça de cacher
le trouble extrême qui l'agitait, il lui dit, sans
préambule :

— Mademoiselle Marguerite, je vous aime,
vous le savez. Voulez-vous être ma femme?

Cet aveu franc, suivi de la question directe,
qui ne laissait à Marguerite aucune échappatoire
fit éclore une vive rougeur sur son beau et pur
visage.

— Monsieur Renaud... balbutia-t-elle.

— De grâce, reprit Henri, ne me faites pas
languir. Soyez franche et loyale ; bannissez-
moi, s'il le faut, et je ne vous en voudrai pas
un instant, quoique vous m'aurez causé la plus
profonde douleur que je puisse éprouver ici-bas
ou accueillez-moi, c'est-à-dire ouvrez-moi le

ciel, et je vous jure de vous aimer tant toute
ma vie, que vous ne pourrez jamais regretter
une seconde votre dévouement... je devrais dire
peut-être... votre sacrifice.

— Oh ! monsieur...

— Votre oncle consent à notre union ; c'est
de son aveu que je vous dis mon amour. Parlez ! Oh ! parlez ! de grâce, je vous en conjure !
Vous vous taisez !... Mon Dieu ! que pourrais-je
faire pour vous convaincre ? Oh ! je vous en
supplie, répondez-moi !...

Marguerite, touchée par ces paroles que Renaud avait prononcées avec une sincérité con-
vaincante, releva la tête, et lui adressa un regard affectueux.

— Oh ! je comprends, reprit Henri, je vous
en demande trop... l'ineffable pudeur de votre
âme vous ordonne le mutisme. En bien ! ne me
répondez pas encore ; je dirai à Ferrand de
vous interroger ; et demain, après-demain,
dans quelques jours seulement, si vous l'exigez,
je reviendrai connaître mon sort. Est-ce
bien ?

— Oui, oui, monsieur.

— Je m'en vais !

2.

Et Henri se leva ; mais il revint presque aussitôt vers la jeune fille en s'écriant :

— Non, c'est impossible... le doute d'une nuit me tuerait, je le sens... Ah ! par grâce, ne m'imposez pas cette horrible souffrance !

— Mais vous répondre ainsi, tout de suite...

— C'est vrai... Eh bien ! ne me répondez pas, reprit Henri, à qui une ingénieuse pensée venait de faire concevoir un moyen de sortir [d'in-décision, sans forcer Marguerite à lui faire, du moins de vive voix, la réponse qu'il implorait. Je vais me mettre à cette fenêtre, je ne regarderai pas ; vous sortirez de cette chambre, si, lorsque j'y serai seul, je retrouve votre broderie sur cette table, je saurai que vous êtes ma fiancée ; si vous l'emportez, au contraire, j'apprendrai qu'il me faut renoncer au plus cher espoir de ma vie. Consentez-vous à faire ce que je vous propose ?

Marguerite hésita un instant, puis :

— J'y consens, dit-elle ; mais vous ne jetterez les yeux sur cette table que lorsque cette porte se sera refermée sur moi.

— Je vous le jure.

— C'est bien.

Henri s'éloigna et alla s'accouder à la fenêtre qui était restée ouverte.

Son cœur battait à se rompre dans la poitrine.

La porte se referma.

Renaud bondit vers la table.

La broderie y était.

— Ah! s'écria-t-il, elle m'aime! elle m'aime! C'est donc bien vrai?

Et il porta avidement à ses lèvres le tissu sur lequel s'étalait l'habile travail de Marguerite.

Ferrand revint en cet instant avec Angèle, et entendit l'exclamation triomphante de son nouvel ami.

— Oui, certainement, elle vous aime, dit-il, et j'avais raison de vous engager à parler.

— Ah! mon ami! fit Henri en embrassant le peintre et en serrant la main de sa fille. Mon Dieu! que je suis heureux!

Marguerite n'osait pas reparaître.

Il fallut qu'Angèle allât la chercher.

Lorsqu'elle revint, Henri s'agenouilla devant elle et lui dit :

— Merci, chère Marguerite, merci, mon âme.

Je vous devrai tant d'heureux jours que, dès aujourd'hui, je jure de vous aimer, à la fois,
comme un ami, un amant et un père...

Mademoiselle d'Alber lui tendit la main et lui
adressa le plus ravissant sourire.

Renaud allait embrasser cette main avec
transport, lorsque Ferrand s'écria :

— Sur le front, donc ! sur le front, jeune
homme ! Je vous le permets.

Henri obéit en tremblant, et lorsqu'il eut
effleuré de ses lèvres les beaux cheveux de
Marguerite, il la considéra d'un air radieux pendant quelques secondes.

Il comprit alors, pour la première fois, la
cause du violent amour que lui avait inspiré la
jeune fille, car il lui sembla qu'il retrouvait
en Marguerite une autre Geneviève.

Après vingt ans, la morte lui parut avoir
placé sur sa route, pour le chérir ainsi qu'elle
l'avait fait jadis elle-même, la sœur cadette de
celle qu'il avait tant aimée.

L'organe, l'expression du regard, ce rien,
vrai monde pourtant lorsqu'un œil épris en
sonde tous les mystères, et jusqu'à la simplicité de mademoiselle d'Alber, tout en elle offrait

de nombreux points de ressemblance avec celle
qui n'était plus.

Cette soirée fut un long enivrement pour Renaud.

Ferrand, lorsque onze heures sonnèrent, le
rappela à la réalité par ces paroles :

— Allons, mon futur neveu, je n'ai plus
vingt ans comme vous, moi, et il se fait tard.

— Je m'en vais, mon ami.

Et Henri gagna la porte après avoir serré
la main d'Angèle et déposé, sur un signe de
Ferrand, un second baiser, tout aussi brûlant que le premier, sur le front de Marguerite

— Ah ! à propos, Renaud, fit le peintre, n'oubliez pas de commander les maçons.

— Les maçons ?

— Sans doute ; maintenant, n'allez-vous pas
faire abattre votre mur bientôt ?

— Ah ! dès demain, mon ami.

— Demain, ce serait trop tôt. Dans quinze
jours.

.   .   .   .

Quinze jours après, en effet, Marguerite
était la femme d'Henri, et la haie dont nous
avons parlé remplaçait le gros mur.

III

Richard n'avait point assisté au mariage de son père.

Un mot d'Henri l'eût fait revenir; mais ce mot, Renaud ne l'écrivit point, et son fils ne manifesta, dans la lettre qu'il lui adressa au sujet de ce mariage, nul désir assez puissant pour le provoquer.

Rien pourtant, même une femme, ne pouvait altérer l'affection du père et du fils; mais à la veille de donner à Marguerite le même nom que la mère de Richard avait porté, Renaud, sans s'arrêter à ce scrupule véritablement outré vis-à-vis d'un jeune homme de vingt-quatre ans, redouta d'éveiller en son cœur la moindre pensée fâcheuse, et, avouons-le, ivre de son bonheur, tout à son amour, fut presque heureux de pouvoir se consacrer entièrement à Marguerite, loin des yeux du seul être qui, avec elle, devait occuper la meilleure place dans son cœur.

Le jour de son mariage, Renaud partit avec sa femme.

Leur voyage dura deux mois.

Ferrand était resté à Chatou avec Angèle.

Dès que madame Renaud eut quitté le chalet, dont la fin de l'automne avait assombri quelque peu l'aspect en le privant, en grande partie, du gai feuillage à l'abri duquel il bravait les flèches d'or du soleil d'été, ce charmant asile sembla d'une tristesse extrême à la jeune fille.

L'absence de Marguerite la privant d'une amie qui depuis l'enfance ne s'était jamais séparée d'elle, avait chassé le rire de ses lèvres et lui avait, pour la première fois, fait comprendre la monotonie de sa paisible vie.

Certes, elle adorait son père; mais Ferrand appartenait plus encore à son art qu'à sa fille, et, malgré toutes les complaisances dont il n'était pas avare envers elle, il ne pouvait nullement remplacer Marguerite.

Lorsqu'une lettre de celle-ci arrivait, c'était une fête.

Chaque missive de la jeune femme était divisée en deux parties, dont l'une était exclusivement destinée à Angèle.

L'autre, que le peintre lisait avec sa fille, n'était que la constatation du bonheur complet de madame Renaud et le récit des excursions que lui faisait faire son mari.

Celle qu'Angèle lisait en cachette était la suprême et sincère expression des pensées de Marguerite.

Tout à son rôle de confidente, mademoiselle Ferrand répondait longuement à sa chère cousine, lui donnant des conseils, et tâchant de chasser de l'esprit de l'absente certaine préoccupation visible, quoique mal définie, dont l'existence apparaissait clairement dans ses lettres intimes.

Régulièrement une fois par semaine, Angèle pouvait donner tout son temps à sa chère correspondance; mais en dehors du dimanche, que Ferrand voulait bien consacrer entièrement à sa fille, les autres jours paraissaient à celle-ci d'une interminable longueur.

Ferrand finissait alors, pour le Salon qui allait s'ouvrir, un *Léonidas aux Thermopyles*, auquel il travaillait tout le jour et pensait toute la nuit.

Tant que ce tableau ne fut pas complétement achevé, il ne s'aperçut point du vide que l'absence de Marguerite avait fait dans sa maison, ni de la tristesse douce, mais évidente, que ce vide causait à Angèle; mais dès que sa toile fut placée, vernie, et qu'il n'eut plus qu'à attendre l'arrêt des amateurs et des critiques influents, l'air morose de sa fille chérie le frappa.

Angèle n'avait aucune raison pour cacher la cause de son chagrin à son père.

Ferrand le traita d'enfantillage. néanmoins il fit tous ses efforts pour distraire Angèle, mais ce fut en vain; et il allait supplier Henri de revenir, lorsqu'un incident inattendu vint donner au chalet une animation nouvelle.

Un matin, la cloche de la grille retentit, et la servante du peintre vit à travers les barreaux un robuste garçon de vingt à vingt-trois ans, ni beau ni laid, portant un peu longs et négligemment rejetés en arrière, ses cheveux châtains, de même teinte que ses moustaches et que sa mouche taillées à la Van-Dyck.

3

Un teint vif, des yeux gris-foncé, intelligents plus que résolus, et un nez assez large, dont le mot *ordinaire* eût été le signalement dans un passe-port, complétaient l'ensemble de sa physionomie franche et ouverte, qui respirait l'insouciance et la probité.

Vêtu simplement, quoique avec une certaine recherche dans laquelle dominait l'excentrique, le nouveau venu portait un carton à dessins sous le bras.

Lorsque la servante de l'artiste, après lui avoir ouvert, lui demanda qui elle devait annoncer à son maître :

— Lambert Bonnichon, futur peintre, répondit le jeune homme.

Fils d'un épicier de la rue des Lombards, qui lui avait fait donner une éducation assez soignée, tout en le destinant cependant à lui succéder un jour, Lambert avait joui de bonne heure d'une liberté très-grande, et jusqu'à l'âge de dix-huit ans, avait considéré sans frémir la triste perspective de trafiquer sur les denrées coloniales plus ou moins falsifiées, à l'enseigne du *Pain couronné*.

Toutes les vocations ne se manifestent pas de

bonne heure chez ceux qui doivent les avoir, et souvent le plus mince événement les fait se révéler, avec d'autant plus de puissance alors que celui chez qui l'une d'elles apparaît, est resté longtemps sans soupçonner l'aspiration latente qu'il avait en lui.

Lambert était un exemple frappant de cette vérité : il n'avait jamais touché un crayon et n'avait vu que des enseignes, lorsqu'un jour il entra au Louvre.

L'aveugle à qui tout à coup la lumière est rendue n'éprouve pas de plus formidable éblouissement que celui dont le jeune Bonnichon subit la puissante influence. Dès ce moment, tout un art, un monde, un culte se révéla à son imagination.

Comme les païens peuplèrent l'Olympe, il se créa des dieux nouveaux, et adora Rubens, Rembrandt, le Corrége, Raphaël et le Titien, avec une ardente ferveur, dont la grandeur ne fut égalée que par l'impérieux désir qu'il ressentit immédiatement de marcher sur les traces de ces poëtes sur toile.

— Je serai peintre, je le jure ! dit-il, et nul ne m'en fera démordre.

Et il se mit aussitôt à réfléchir aux moyens à employer pour réaliser ce gigantesque projet.

Le confier au père Bonnichon eût été une folie. Lambert le comprit immédiatement.

En voyant son unique héritier renoncer à lui succéder un jour, l'honnête épicier devait évidemment tenter tout au monde pour le retenir sur ce qu'il n'aurait point manqué d'appeler : le bord de l'abîme!

Persuadé de cette navrante vérité et édifié sur l'influence négative que possédait madame Bonnichon, sa mère, sur l'esprit entier du digne marchand de denrées coloniales, Lambert adopta un projet de conduite persuasif et conciliant qu'il mit rapidement à exécution en se présentant dès le lendemain chez un peintre célèbre dont l'atelier comptait de nombreux élèves.

— Monsieur, lui dit Lambert, je veux devenir peintre, et je serais excessivement flatté d'être admis au nombre de vos disciples.

— Très-bien, jeune homme. Que savez-vous déjà?

— Rien.

— C'est peu.

— Oui; mais je sens que j'apprendrai vite.

Seulement, je vous préviens d'avance que je ne
pourrai pas vous payer tout de suite. Mon père
résisterait à mes désirs si je lui en faisais part
immédiatement, et je ne pourrai lui avouer que
je prends vos leçons que lorsque je serai à même
de lui prouver que j'en ai sérieusement profité.

La franchise et la conviction du jeune Bonnichon charmèrent l'artiste, qui l'installa dans
son atelier.

Six mois après, un grand jour sonnait pour
Lambert.

Il avait tenu parole en profitant des conseils
de son maître d'une façon étonnante : aussi
avait-il dessiné pour ce jour-là, jour de la Saint-
André, patron du papa Bonnichon, une tête fort
réussie, d'après la *Danseuse* de Canova.

A l'heure du repas, Lambert, portant triom-
phalement sous le bras son chef-d'œuvre, qu'il
avait fait splendidement encadrer, se dirigea
vers la rue des Lombards.

Le cœur lui battait un peu. Quelle révélation
pour le chef de la famille Bonnichon !

Son fils ne serait pas un simple épicier, mais
un artiste capable un jour de rendre le nom de
Bonnichon l'égal de ceux des princes de l'art !

Bercé par cette riante perspective, Lambert jouissait déjà de l'étonnement de son père, de ses exclamations admiratives, et se voyait couvert, à la fin, des plus chaudes larmes que l'attendrissement puisse jamais procurer à un épicier.

Mais rien ne se passa ainsi que l'espérait le jeune rapin. A la vue du dessin, le père Bonnichon resta froid ; et lorsqu'il en connut l'auteur, il lui adressa une verte semonce.

Le moment était critique.

Lambert n'en comprit pas tout le danger, et alors qu'il eût fallu employer tous les ménagements possibles, déclara hautement son irrévocable détermination artistique.

C'en était trop.

Le père Bonnichon entra en fureur, brisa le verre qui recouvrait le dessin de son fils, et piétina dessus avec rage.

— C'est du vandalisme ! s'écria Lambert avec autant de colère que de chagrin.

— Tu m'insultes, misérable ! s'écria l'épicier à ce mot qu'il n'avait pas compris. Eh bien ! je te chasse !

Ce fut en vain que madame Bonnichon voulut

calmer son mari, et les parents de l'épicier qui
assistaient à cette scène de famille eurent toutes
les peines du monde à l'empêcher de maudire
Lambert, qui quitta la maison paternelle avec
toute la dignité et le calme plein de résignation
qui conviennent aux génies incompris.

Après avoir erré toute la nuit dans Paris,
Lambert, plus résolu que jamais à suivre la difficile carrière qu'il avait embrassée, alla dès le
jour tout raconter à son maître. Celui-ci avait
foi dans l'avenir du jeune homme, et loin de ne
plus l'admettre, il lui offrit généreusement une
hospitalité complète.

Dès ce jour, Lambert vécut dans le milieu
artistique et il fit de sensibles progrès.

Quatre années s'écoulèrent.

Le père Bonnichon demeurait inflexible.

Sa femme, qui voyait Lambert en cachette,
car l'épicier ne l'appelait plus que « mon gredin,
mon fainéant de fils, » afin d'amener un rap-
prochement entre eux, avait fait plusieurs tentatives, qui toutes étaient restées infructueuses.

Un jour, le vieux maître de Lambert mourut.

Ce fut une grande douleur pour ce dernier.

L'atelier se ferma.

Et après les discours qui furent prononcés sur la tombe du digne homme, sauf ses toiles qui du Luxembourg furent transportées au Louvre, il ne resta plus de lui qu'une pierre au cimetière Montparnasse sur laquelle fut gravé son nom sous une banale phrase de regret.

Un mois après l'événement, Lambert y fit un saint pèlerinage, et y déposa une fraîche couronne d'immortelles, symbole de reconnaissance et d'admiration.

Puis il chercha un directeur nouveau dans la route ardue qu'il s'était volontairement tracée.

Il hésitait entre deux ou trois notoriétés, lorsqu'il se rendit au Salon qui venait de s'ouvrir.

Le tableau de Ferrand frappa ses regards.

Son plan fut instantanément arrêté.

Il acheta le catalogue officiel, chercha le nom du peintre, et lut :

FERRAND (Louis-Auguste), né à Saint-Maur (Seine), élève de David. Méd. 2e cl. (Histoire), 1823. — Méd. 1re cl. 1835. — ⊕ 30 avril 1836 — [EX].

A Chatou, route de Croissy, 22.

Le lendemain Bonnichon prenait le train de Saint-Germain, et arrivait une demi-heure après à la grille du chalet de l'oncle de madame Renaud, où, ainsi que nous l'avons vu, il était reçu par Ursule, qui ne tarda point à l'introduire dans l'atelier de Ferrand.

— Je n'ai jamais pris d'élève, monsieur, dit le peintre à Lambert, lorsque celui-ci lui eut exposé le but de sa visite.

— Je ne suis pas précisément un élève, monsieur, et voici ce que je sais faire, répliqua Bonnichon, en tirant une ébauche de son carton et en la présentant à l'artiste.

— Où avez-vous fait cela ?

— Au Louvre, monsieur.

Ferrand, tout en admirant l'ébauche, hésitait encore.

— Monsieur Ferrand, fit Lambert avec conviction, si vous ne consentez pas, je me fais photographe !

Ce mot terrible vainquit toutes les hésitations de l'artiste, et dès ce moment Lambert ne quitta plus le chalet.

3.

IV

Ferrand adorait la campagne.

La présence de Lambert, sa bonne volonté et ses progrès rapides la lui firent aimer encore davantage.

La docilité et la foi complète que possédait le jeune Bonnichon dans les conseils du vieux peintre, encouragèrent ce dernier dans la tâche qu'il avait entreprise.

Il lui sembla qu'en consacrant tous ses soins à son élève, il rendait un véritable hommage au maître qui jadis avait fait aussi se développer son propre talent; et ce qui d'abord lui avait semblé, malgré tout, une charge assez désagréable, fut bientôt considéré par lui comme un véritable devoir et comme un reconnaissant hommage.

Le caractère gai de Lambert, dont la belle humeur égayait fort l'artiste, ne fut point étranger, du reste, à l'engagement de Ferrand en faveur de son élève.

Sous un aspect très-égal, Angèle cachait un fond de caractère très-poétique, très-enthousiaste et qui, facile à la sympathie et à l'amitié, devait se montrer très-difficile en amour.

A ce point de vue, la présence de Lambert n'offrait aucun danger pour elle.

Bonnichon la faisait trop rire pour qu'elle pût jamais, même au cas où il se fût épris de ses charmes, éprouver pour lui autre chose que de l'amitié.

Et cela se trouvait à merveille, car Lambert ne songeait pas plus à Angèle qu'Angèle ne songeait à Lambert.

Bonnichon vénérait son maître, et se fut trouvé bien coupable s'il avait osé jeter les yeux sur sa fille.

En tout cela, du reste, le père d'Angèle n'avait point agi aussi légèrement qu'on pourrait le croire.

Avant d'admettre Bonnichon dans son entière
intimité, il l'avait étudié avec soin, questionné
adroitement, et cet examen avait été si favora-
ble au jeune artiste, qu'il ne restait aucun
doute à son sujet dans l'esprit de son maître.

La gaîté de Lambert et l'animation que sa
présence avait donnée au chalet, avaient fait re-
couvrer à Angèle toute sa sérénité.

Ferrand, dont le *Léonidas* avait obtenu un véritable succès d'enthousiasme, travaillait avec
plus d'ardeur que jamais, stimulé également par
la présence de son élève; et l'absence de Marguerite n'était plus qu'un doux regret pour le
père et la fille, lorsque l'arrivée de Renaud et
de sa femme vint de nouveau changer l'état des
choses.

Il y eut fête ce jour-là au chalet.

Angèle avait ordonné un déjeuner digne du
retour tant désiré d'Henri et de Marguerite, et
Ursule, qui n'avait quitté Chatou que quelques
jours, afin d'aller tout disposer pour l'arrivée
de ses maîtres, dans l'appartement que Renaud occupait à Paris rue du Hâvre, déploya
toute son activité afin que mademoiselle Ferrand pût aussi les bien accueillir.

Cinq couverts avaient été mis.

Le cinquième était destiné à Lambert.

— As-tu pensé à Bonnichon ? avait demandé le peintre à sa fille.

— Etourdie ! je l'ai oublié.

— Cela n'est pas bien. Mets son couvert, mon enfant. Lambert plaira à Renaud, j'en suis sûr.

La discrétion de Bonnichon l'empêcha de profiter de l'invitation.

Et malgré les instances de Ferrand et d'Angèle, il quitta le chalet à dix heures, en promettant d'y revenir dans la journée.

— Décidément, c'est un brave garçon que mon élève, fit le peintre, dès que Lambert se fut éloigné. Il a toutes les délicatesses, excepté celle des tons ; mais je la lui donnerai, celle-là.

Quelques instants après, Henri et Marguerite arrivèrent.

Ce furent d'abord des embrassades dont seule l'effusion égalait la sincérité, puis on se regarda.

Renaud rayonnait de bonheur.

Jamais Ferrand ne lui avait vu si radieuse mine.

— Nous sommes donc heureux, jeune homme ? lui dit-il en riant.

— Ah ! mon ami, c'est un ange, reprit Henri en montrant sa femme.

— Que tu es devenue jolie, disait en cet instant Angèle à madame Renaud.

Sous l'impression de ces compliments, une vive rougeur colora le visage de la jeune femme.

— Flatteuse, dit-elle néanmoins à Angèle.

— Non pas, ma chère ; et j'en fais juge mon père.

— Oh ! la belle personne, fit Ferrand. Viens, que je t'embrasse encore, ma chère Marguerite.

Le compliment d'Angèle n'était nullement exagéré, car Marguerite était devenue délicieusement jolie.

Aux chastes ardeurs de sa félicité complète, les charmes de Marguerite s'étaient développés, comme s'ouvrent et grandissent les fleurs au premier soleil du printemps.

On passa dans la salle à manger.

Le couvert de Bonnichon était resté sur la table.

— Attendez-vous quelqu'un encore, mon oncle? demanda Renaud.

— Non, mon ami ; ce couvert était destiné à mon élève, mais il ne déjeunera pas avec nous.

— Ah ! vous avez un élève ?

— Oui, un fervent de l'art. C'est un garçon qui vous plaira.

En effet, lorsque Lambert parut, la connaissance fut bientôt faite entre lui et Renaud, qui fut entièrement captivé par les allures franches et simples de l'élève de l'oncle de sa femme.

V

Ferrand espérait que Renaud et Marguerite
s'installeraient immédiatement dans la villa
voisine ; mais les projets de l'architecte ne ré-
pondirent aucunement à cette idée.

L'hiver commençait ; la campagne, dénudée,
offrait peu d'attraits en ce moment, et l'amour-
propre d'époux de Renaud lui faisait savourer
d'avance la joie de conduire dans le monde la
belle et charmante créature qu'il nommait sa
femme.

A sa prière et à celle de Marguerite, Ferrand consentit à venir passer un mois avec sa
fille, à Paris, chez l'architecte ; et dès le sur-
lendemain du retour des nouveaux époux, le
peintre et Angèle furent installés rue du Hâvre.

Dès ce jour, les fêtes se succédèrent.

La haute position ainsi que la fortune considérable de Renaud lui avaient créé des relations nombreuses dans le meilleur monde, où Marguerite et Angèle reçurent le plus flatteur accueil.

Ferrand y suivait également sa fille, et, quoiqu'il ne fût rien moins qu'amateur de bals et de concerts, le temps ne lui parut pas long lorsqu'il put apprécier, par les félicitations nombreuses qui lui furent adressées, tout le succès de son *Léonidas*.

Malgré cette satisfaction, bien douce pourtant au cœur d'un artiste, dès que le mois fut expiré, Ferrand repartit pour Chatou.

Angèle l'y suivit sans murmurer, mais non point sans regret.

Jamais elle ne s'était autant amusée que pendant ces quatre semaines, où elle était entrée dans une existence nouvelle, qui jusque-là lui avait été complétement inconnue.

A la prière de Marguerite, son oncle s'engageait à permettre à Angèle de venir passer à Paris quelques jours, deux ou trois fois par mois.

Tant que dura l'hiver, cette promesse fut scrupuleusement tenue par l'artiste.

Angèle semblait prendre un plaisir extrême aux fêtes de toute sorte auxquelles elle assistait grâce à M. et à madame Renaud; mais lorsque, après le carnaval, le rigide carême vint calmer l'effervescence générale, Ferrand se montra moins facile à tolérer l'éloignement de sa fille.

Plusieurs fois Marguerite fut même obligée d'aller chercher sa cousine à Chatou.

Le succès de cette démarche était toujours assuré d'avance; néanmoins, madame Renaud étant venue une dernière fois enlever pour quelques jours mademoiselle Ferrand à son père, celui-ci lui dit:

— Ma chère Marguerite, tu n'es qu'une égoïste.

— Et pourquoi cela, mon oncle?

— Tu abuses de ma faiblesse et des plaisirs de la capitale pour me priver d'Angèle; c'est mal.

— Angèle s'en plaint-elle?

— Angèle est une fille dévouée, de l'affection de laquelle je n'ai jamais douté une seconde;

mis Aangèle a dix-neuf ans, elle aime le spectacle, la danse et la musique, et grâce à tes loges, à tes bals et à tes concerts, je vis seul, comme un ours.

— Que vous êtes exigeant! dit Marguerite. N'avez-vous pas M. Lambert?

— Bonnichon est un charmant garçon; mais j'ai le mauvais goût de lui préférer Angèle, ne t'en déplaise.

Mademoiselle Ferrand, qui était prête à quitter le chalet avec madame Renaud, ôta silencieusement son chapeau en entendant ces paroles:

— Eh bien! que fais-tu? lui dit le peintre.

— Vous le voyez bien, mon oncle, elle reste.

— Mais je ne lui ai pas dit de rester!

— C'est vrai, mon père, fit à son tour Angèle; mais j'étais dans mon tort, vous me l'avez fait comprendre, je n'irai plus à Paris.

— Oh! la méchante enfant! Voilà qu'elle ne veut plus s'amuser maintenant.

— Ma foi, mon oncle, c'est votre faute.

— Non! c'est la tienne... Remets ton chapeau, mon enfant.

— Non, mon père.

— Je t'en prie...

Angèle obéit.

— Là ! fit Ferrand, et laisse-moi t'embrasser. Quand reviendras-tu ?... Quand me la rendrez-vous, madame ma pupille ?

— Dans huit jours.

— Huit jours ! s'écria le peintre. Mais, ah çà ! ton mari ne te suffit donc pas ?

— Père, je serai ici après-demain, interrompit Angèle. Est-ce bien ?

— Oui, et je t'en remercie... Adieu, accapareuse. Viens aussi, que je t'embrasse pour te pardonner, mauvaise !

Madame Renaud tendit son front à son tuteur.

— Du reste, reprit ce dernier, je tiens ma petite vengeance, ma chère Marguerite. Je ferai mon compliment à Henri sur son insuffisance auprès de toi.

A ces mots, la jeune femme pâlit.

— Ah ! je vous en supplie, ne faites point cela !

— Quelle terreur !

— Elle est motivée par vos paroles. Henri a

pour moi une telle affection, que si le moindre doute entrait dans son esprit, il en éprouverait une mortelle douleur.

— Eh bien, je me tairai, mais à une condition.

— J'y souscris d'avance.

— C'est que, Henri et toi, vous reviendrez bientôt vous installer dans sa villa.

— Je vous le promets.

— Allons, adieu, mes enfants, adieu ! Et si tu t'amuses là-bas, ma chère Angèle, reste toute la semaine. Je plaisantais, ma mignonne.

Sans nullement soupçonner la vérité, en émettant un doute sur le besoin que Marguerite pouvait éprouver d'introduire une tierce personne dans son ménage, Ferrand avait touché juste.

Madame Renaud aimait son mari; mais le secret dont nous avons parlé l'empêchait d'être moralement tout à lui.

La présence d'Angèle était un palliatif à sa contrainte, car, malgré les persistants conseils de celle-ci, elle n'avait encore rien osé avouer.

Ces diverses considérations firent que, dès les premiers jours du printemps, elle pria son mari de quitter définitivement la capitale pour la campagne.

Renaud n'avait plus que deux buts au cœur ; le bonheur de Marguerite et celui de Richard, dont le retour ne pouvait plus être éloigné.

Le moindre des désirs de Marguerite était un ordre pour lui.

Dès qu'elle le pria de retourner à Chatou, il approuva cette résolution, qui fut prise un des derniers jours d'avril.

Le retour fut fixé au premier mai, et Ursule avec Joseph, un nouveau domestique que l'architecte avait à son service depuis une semaine, partit pour Chatou, afin de tout y préparer pour la réinstallation de ses maîtres.

De grands changements avaient eu lieu dans la villa depuis quelques mois.

Trouvant trop grande la simplicité de son habitation pour sa chère Marguerite, Henri, sans le lui dire, et se réservant le plaisir de la surprendre agréablement, y avait introduit toutes les améliorations désirables pour en faire le plus agréable séjour.

En outre, voulant parachever son œuvre, lorsque Ursule quitta Paris, il lui fit transporter à Chatou tout ce qui pouvait plaire à Marguerite.

Le matin du premier mai, quelques heures avant que Ferrand ne quittât son travail, ainsi que nous l'avons vu le faire au commencement de ce récit, pour se rendre chez Renaud, Ursule et Joseph, chacun de leur côté, terminaient tous les préparatifs.

Ayant achevé la disposition de la chambre de sa jeune maîtresse, Ursule descendit au salon, où Joseph, aidé par Pierre le jardinier, s'était conformé de son côté à l'exécution des ordres de Renaud, en faisant garnir tout le perron de fleurs.

Ce salon, plein de gaîté, respirait l'opulence dans sa simplicité remplie de goût.

Les moindres détails démontraient qu'un artiste en avait ordonné l'arrangement.

Rien de vulgaire, rien de convenu, rien de bourgeois enfin n'en déparait la complète harmonie.

Les meubles étaient sobres d'ornements, commodes et en nombre exact.

Les tentures légères, aux dessins choisis, faisaient, par leurs tons accentués, ressortir de la plus heureuse manière, un papier uni, gris-tendre, relevé par des baguettes d'or, sur lequel des tableaux de maître se détachaient par leurs chauds coloris.

Devant chaque croisée, des jardinières, comblées des fleurs les plus fraîches, renvoyaient, poussées par la brise, le parfum de leurs garnitures vers le milieu de la salle.

Un parquet de chêne poli comme un miroir étalait, sous des nattes légères, ses dessins quadrangulaires.

Une pendule coquette et gracieuse, dont le sujet était signé Pradier, surmontait la cheminée.

Des candélabres du même style se dressaient à chacun des côtés.

Des livres, des partitions, une corbeille à ouvrage, un échiquier, un trictrac, et jusqu'à des raquettes et des volants, disposés çà et là, avec un abandon plein de goût, achevaient de donner au salon de la villa de Renaud un caractère indéfinissable de charmante intimité.

— Aurez-vous bientôt fini, monsieur Joseph ? dit Ursule en entrant.

— Dans un instant, madame Ursule, répondit

le nouveau domestique de l'architecte en élevant la voix.

— Eh! ne criez pas si fort! répliqua la digne femme; me croyez-vous donc sourde?

— Pauvre madame Ursule, fit à part lui Joseph, elle ne voudra jamais convenir de son infirmité; puis, baissant le ton, il ajouta, en montrant le perron qu'ornait une double rangée de pots contenant des tulipes et des roses:

— Voyez, j'ai fait garnir ceci comme le boudoir.

— M. Renaud sera satisfait.

— Tant mieux, alors.

— Oui, certes; car notre devoir, à nous qui avons de bons maîtres, est de tâcher de les contenter en tout.

— Oh! vous n'êtes pas une domestique, vous, madame Ursule; j'ai déjà remarqué ça depuis que je suis au service de M. Renaud.

— Il me traite, il est vrai, avec une extrême bonté; mais je n'ai point oublié ma condition pour cela.

— Vous avez élevé M. Richard, je crois?

— Oui, et je l'aime comme un fils.

— Est-ce que M. Renaud serait brouillé avec M. Richard?

— En voilà une idée ! Pourquoi faites-vous cette supposition ?

— Parce que je sais que depuis longtemps M. Richard vit loin de son père.

— En effet, M. Richard est absent depuis cinq ans bientôt ; mais ça n'empêche pas monsieur de l'aimer de tout son cœur.

— S'il a pour lui tant d'affection, comment a-t-il laissé partir son fils ?

— Il paraît que c'était pour l'avenir de M. Richard : mais quelle douleur, lorsqu'il se fut éloigné ! ça faisait mal à voir. Ah ! il a plus... Non, fit Ursule, en se reprenant, plus n'est pas possible, mais certainement autant d'affection pour lui que d'amour pour madame, et il faut qu'il l'ait joliment aimée, pour se marier après un veuvage de vingt-deux ans.

— Sa première femme est donc morte bien jeune ?

— A vingt ans, monsieur Joseph. M. Renaud était à peine majeur lorsqu'il se maria pour la première fois, et M. Richard ne parlait pas encore lorsque sa pauvre mère mourut, en Touraine, chez le père de M. Henri, dont mon mari était le jardinier. Après l'événement, M. Henri

revint à Paris, où je le suivis pour soigner
M. Richard. C'est moi qui faisais tout dans la
maison ; il fallait de l'économie : nous n'étions
pas riches.

— M. Renaud n'a donc pas toujours été dans
l'opulence ?

— Ah ! bien oui, le pauvre cher homme, il
est le fils de ses œuvres. Dans ce temps-là,
il travaillait trois fois plus qu'aujourd'hui, et
lorsque je me hasardais à lui faire quelques
observations : — « Je veux devenir riche, très-
» riche, ma bonne Ursule ! me répondait-il ;
» non pour moi, mais pour lui ! » Et il embrassait M. Richard. Ah ! c'est un brave et digne
homme, et le sort a été juste en plaçant madame sur sa route.

— C'est vrai, car madame est aussi bonne
que belle.

— Le ciel devait bien ça à M. Renaud. Une
bonne femme avec de l'amour dans les yeux
et de l'estime dans le cœur, c'est le paradis
pour son mari. Aussi, depuis six mois qu'ils
sont mariés, jamais un mot, jamais un nuage !
Ah ! monsieur est ravi de son sort. Il ne peut
le croire. Il y a trois jours, lorsqu'il m'a pré-

venue que nous allions nous installer de nouveau dans cette campagne, il me parlait de madame en véritable enfant : — Ursule, crois-tu qu'elle m'aime ?

— Eh ! qui ne vous aimerait pas, monsieur ?

— Bonne Ursule ! mais crois-tu qu'elle m'aime d'amour ?

— Pardi !

— Mais songes-y donc, Ursule, elle a vingt-deux ans et j'en ai quarante-quatre : je suis un vieillard à côté de Marguerite.

— Un vieillard, lui ! ça m'a fait rire vraiment de bon cœur.

Cette conversation fut interrompue par l'arrivée de Ferrand qui, du seuil de la porte, demanda :

— Ursule, est-ce que M. Renaud est ici ?

La vieille bonne, tout en parlant à Joseph, avait pris un plumeau et s'était mise à épousseter une dernière fois les livres et les partitions.

La voix du peintre, qu'elle ne pouvait voir en ce moment, n'arriva pas à ses oreilles ; aussi fût-ce Joseph qui lui répondit :

— Pas encore, monsieur, mais monsieur et madame ne peuvent tarder.

Cette réponse ne suffit pas à Ferrand, qui reprit, en se rapprochant de la vieille bonne :

— A quelle heure arriveront-ils, Ursule ? Vous avez oublié de me le dire en m'annonçant leur retour.

— Ah ! c'est vous, monsieur Ferrand ! Votre servante ! fit Ursule en se retournant.

— Bonjour, Ursule! A quelle heure arrivera Renaud ? répéta le peintre.

— Vers midi, monsieur.

— Ils ne peuvent tarder alors, dit Ferrand en se frottant les mains, signe évident chez lui d'une satisfaction complète.

Puis il jeta les yeux sur ce qui l'entourait.

— Que d'apprêts! se dit-il, des fleurs, des livres, des partitions nouvelles. Décidément, papa Renaud, vous vous conduisez comme un amoureux de vingt ans, mais je vous le pardonne puisque celle que vous aimez est ma pupille, ma chère Marguerite, l'unique enfant de ma pauvre sœur.

Ursule et Joseph avaient complétement ter-

4.

miné l'arrangement du salon, lorsque Ferrand finit cet aparté.

Joseph se retira. Quant à la vieille bonne, qui, on le sait, était dans la maison sur un pied d'intimité exceptionnelle, avant de regagner l'office, elle demanda familièrement à Ferrand :

— Vous ne voulez rien prendre, monsieur?

— Rien qu'un fauteuil pour attendre vos maîtres. Merci !

Et tandis qu'Ursule se retirait :

—Ah ! se dit Ferrand, et faisant allusion aux habitudes de Renaud et aux siennes, nous allons donc recommencer nos bonnes parties d'échecs et de tric-trac, et réentamer nos vives discussions artistiques. Quel entêté ! Mais j'ai mis en réserve pour la saison des arguments irrésistibles et bon gré mal gré, il faudra vous résoudre à m'entendre, monsieur mon neveu.

Pendant que Ferrand se livrait à ce monologue avec une satisfaction sans mélange, tout heureux qu'il était du retour de Renaud et de Marguerite à Chatou, deux personnes, un homme et une femme, traversant le pont de Rueil, s'acheminaient lentement vers la villa,

L'homme, vêtu d'un costume complet de couleur sombre et la tête couverte d'un élégant chapeau de campagne, dont le bord un peu large lui cachait le haut du visage, marchait à côté de sa compagne en jetant sur le jeune et charmant visage de celle-ci, un amoureux regard.

On sentait, rien qu'à les voir cheminer ainsi que ce bras sur lequel la jeune femme était nonchalamment penchée, et qui soutenait affectueusement son allure légèrement indolente, saurait la défendre au besoin, et était réellement pour elle le bras d'un protecteur.

La mise élégante de la nouvelle venue contrastait légèrement avec le costume simple de son compagnon.

Un châle de dentelles noires, les plus riches et les plus fines, enveloppant ses épaules, s'étendait gracieusement sur sa robe de soie à carreaux clairs, dont il laissait voir le dessin à travers ses mailles.

Un chapeau de paille garni de plumes couvrait son front, et faisait flotter à la brise ses rubans de couleur tendre.

Un col plat, des manchettes retenues par des boutons ciselés, une ombrelle élégante au manche d'ivoire fouillé comme une chinoiserie de la même matière, complétaient l'ensemble de sa toilette.

Ils causaient intimement en gravissant la côte.

Arrivés devant la grille de la villa, l'homme la poussa en maître, et il eut raison ; car — on l'a deviné déjà, sans doute — cet homme et cette femme n'étaient autres que Henri Renaud et Marguerite.

Ils gravirent le perron et arrivèrent au seuil du salon, dans lequel Ferrand les attendait.

— Eh ! bonjour, mon oncle ! s'écria Renaud en s'adressant au tuteur de sa femme.

— Bonjour, cher ami ! Enfin, vous voici ! répondit Ferrand.

Et il serra affectueusement la main d'Henri ; après quoi, s'adressant à sa nièce, il lui dit, en s'avançant vers elle les bras ouverts :

— Laisse-moi t'embrasser, ma chère Marguerite.

— Volontiers ! répondit-elle, en tendant son front aux lèvres affectueuses du peintre.

— Eh ! que te voilà pimpante ! reprit ce dernier après avoir jeté sur la toilette de la jeune femme un regard de satisfaction. Des dentelles, de la soie, des bijoux ! Vous la gâtez, Renaud.

— Je l'aime, mon cher ami ! comme une idole, je ne saurais la parer trop ! dit Henri.

— Mon oncle a raison, reprit Marguerite ; vous me gâtez, mon ami. Que pourrai-je jamais faire pour reconnaître toutes vos bontés ?

— Me donner votre âme entière ! et réserver un coin de votre cœur à Richard, à mon fils, Marguerite.

— A propos, quand revient-il ce cher exilé ? interrompit Ferrand.

— Bientôt, répondit Henri ; du moins je l'espère, car sa dernière lettre m'annonçait sa prochaine arrivée. Dans peu, je l'embrasserai, et vous pourrez alors apprendre à l'aimer comme vous devez le connaître, ma chère Marguerite ; à l'admirer comme il mérite de l'être, mon cher Ferrand.

— Hum ! répliqua celui-ci d'un air de doute, encore un classique probablement infatué des règles et plongé tout entier dans la convention.

— Non pas, mon cher ami : un artiste au

cœur bouillant et sincère, à l'âme noble et bien trempée, capable de tous les travaux, un maître dans l'avenir.

— Nous verrons ça, père enthousiaste.

— Oh! je le juge impartialement et je suis fier de lui.

Puis, s'adressant à sa femme, Renaud ajouta :

— Vous l'aimerez, non pas comme une mère, votre âge s'y oppose, Marguerite, mais comme une sœur, n'est-ce pas?

— Je vous le promets, mon ami, ne fût-ce que par affection pour vous.

— Eh bien, reprit Ferrand, je ne demande pas mieux que de donner également à Richard Renaud toute mon amitié, seulement une question : joue-t-il aux échecs?

— Non, fit Henri en souriant, il est de première force en perspective et pourra mettre toutes vos toiles au point, d'une façon irréprochable, monsieur le peintre.

— Grand intrigant, vous me prenez toujours par mon faible.

— Ce faible-là, c'est mon fort, mon illustre ami.

— Détestable flatteur! présent le plus funeste! s'écria Ferrand d'un ton déclamatoire,
qu'il modifia tout aussitôt pour ajouter: Je
cours prévenir Angèle de votre arrivée; car
je suis sûr qu'elle brûle d'embrasser sa cousine, depuis quinze jours qu'elle ne l'a point
vue.

— Oh! oui, fit Marguerite, c'est bien mal à
vous de ne point lui avoir permis de venir à
Paris depuis deux semaines.

— Mais, ma chère pupille, si Renaud aime
son Richard, j'aime mon Angèle, je n'ai plus
qu'une enfant, depuis que cet homme célèbre
est venu t'arracher de ma maison.

— Est-ce un reproche, Ferrand?

— Dieu m'en garde, mon ami! Allons, à
tout à l'heure, fit le peintre, qui regagna son
jardin et rentra dans son chalet pour aller rejoindre sa fille.

Tout à l'intime causerie qu'elle avait eue
avec son mari pendant la route, madame Renaud avait franchi la grille de la villa et gravi
son perron sans remarquer les modifications
extérieures qu'Henri y avait apportées.

La présence de Ferrand l'avait ensuite également empêchée de prêter à ceux du salon aucune attention.

Cette indifférence, sans blesser l'architecte, ne répondait nullement à son attente : aussi, fort désireux de jouir de la satisfaction de sa femme, dès que Ferrand les eût quittés, il s'approcha d'elle en lui disant :

— Donne-moi ton châle et ton chapeau.

Puis, avec une sollicitude charmante, il aida Marguerite à se débarrasser de ces objets.

— Et maintenant, reprit-il, lorsqu'il les eut déposés sur un siège, daigne, je te prie, jeter un coup d'œil autour de toi.

— Oh ! c'est vrai, je n'avais pas remarqué d'abord ; que d'embellissements !

— Ne m'as-tu pas dit que le papier de ce salon était un peu sombre ? J'en ai fait mettre un autre.

— Et ces fleurs ! fit madame Renaud, en montrant le perron.

— Des tulipes, des roses. Ne sont-ce pas celles que tu préfères ?

— En effet, mon ami.

— Puis des livres nouveaux, les dernières

partitions éditées par Brandus... Tu nous feras un peu de musique.

— Très-volontiers.

— Moi je te lirai le soir ce qui te plaira le plus.

— Que vous êtes digne d'affection, Henri !

Renaud prit un air grave.

— Votre affection ne pourrait me suffire : c'est votre amour que je veux.

— Oh ! je vous aime !

— D'amour ?

— Je le crois.

— Chère Marguerite !... Ainsi ce salon vous plaît ?

— Beaucoup.

— Tant mieux ; mais vous n'avez rien vu.

— Vraiment.

— Oui. Suivez-moi, ma chère !

Marguerite obéit, et Renaud l'entraîna dans la serre qui communiquait avec la salle où ils se trouvaient.

Véritable jardin d'hiver, cette serre, qu'Henri avait fait aussi restaurer complétement, était admirablement arrangée.

Les plantes les plus rares, aux feuillages les

plus divers, aux fleurs les plus belles en tapissaient les murs de verre, sur lesquels, au dehors, de grands stores de bois flexible retombaient en projetant dans l'intérieur une ombre bienfaisante.

Au milieu, dans un bassin dont un jet d'eau ridait la surface limpide par la chute de la myriade de gouttelettes brillantes comme des perles, qu'il laissait s'échapper de l'orifice de son ajoutoir, des poissons rouges erraient paresseusement, au gré de leurs nageoires indolentes.

Une grande cage chinoise contenait tout ce que l'ornithologie comprend de plus gracieux en oiseaux aux étincelants plumages, aux gosiers enchanteurs.

Des statues se dressaient entre les massifs, tranchant de leur ton mat sur les multiples coueurs des feuilles et des fleurs.

Enfin le mobilier entièrement composé d'objets rustiques d'une élégance rare et d'un confort parfait, invitait à la sieste.

Marguerite, en descendant l'escalier de quelques marches qui reliaient la serre au salon, ne put retenir un cri d'admiration.

— Oh! le beau séjour !

— Vrai, tu es contente? lui demanda Renaud enchanté.

— Si je le suis! mais c'est un véritable paradis!

— J'ai fait de mon mieux pour te plaire : seulement, je dois te prévenir d'une chose : c'est qu'ayant converti mon ancien atelier en un boudoir qui t'est destiné et que je te montrerai tantôt, je compte installer ici ma table de travail.

— C'est une excellente idée.

— Tu trouves ?

— Certainement.

— Alors, je puis compter que pendant que je travaillerai, tu voudras bien quelquefois me tenir compagnie.

— Mais toujours.

— Merci! car à tes côtés je sens que l'inspiration me viendra, qu'une nouvelle ardeur s'emparera de mon cœur et de mon esprit; qu'enfin, auprès de toi, je créerai de belles choses; et si plus tard, car nos œuvres à nous traversent les siècles et appellent non-seulement le jugement de nos contemporains, mais surtout

celui des générations futures; si plus tard,
dis-je, quelques admirateurs de monuments,
contemplant un de ceux que j'aurai construits,
se demandent par quel pouvoir l'architecte aura
été si bien inspiré, certes, nulle voix ne lui
répondra : « Par l'amour de sa femme! » et
pourtant, c'est cet amour, lui seul, éternel et
puissant, qui m'aura rendu l'auteur d'un chef-
d'œuvre peut-être.

— Taisez-vous, Henri! vous allez me donner de l'orgueil.

— Les anges gardiens n'en ont point, et
vous êtes celui de ma destinée, Marguerite.

— Oh! mon ami.

— Je l'ai écrit à Richard sans développer
mes idées. Mon pauvre enfant! si je lui avais
laissé deviner tout mon amour, j'aurais pu
faire naître mille craintes dans son cœur; c'est
pour cela même que je n'ai point insisté pour
qu'il fût présent à notre mariage; aussi ne
sait-il que votre nom, et rien de toutes les qualités charmantes qui m'ont fait vous aimer.
En lui annonçant, il y a six mois, que j'allais
vous prendre pour femme, je ne lui ai dit
qu'une chose : « J'aime, et je veux être heu-

reux sans rien te faire perdre de mon affection ! »
Et lorsqu'il m'a répondu : « Je connais ton
cœur, je ne crains rien, mon père ! » j'ai senti
ce cœur grandir, pour vous faire en lui une
place égale.

— Vous êtes bon, vous êtes juste, je suis
fière de vous appartenir, Henri ! fit Marguerite,
en se prêtant à l'étreinte de Renaud, qui l'embrassa tendrement.

Ils sortirent ensuite de la serre et rentrèrent
dans le salon en même temps qu'Angèle y
pénétrait, de son côté, par le perron.

— Bonjour, ma belle petite cousine ! lui dit
Henri avec un affectueux sourire.

— Vous n'êtes qu'un flatteur, monsieur
l'artiste ! Allons, faites-moi place ! j'ai hâte
d'embrasser Marguerite.

— Non pas ! répondit Renaud ; savez-vous
que je suis un peu jaloux de son affection
pour vous.

— Vraiment ! Il faut vous résigner à la subir
pourtant. Allons, allons, place, monsieur l'é-
goïste !

Et rejoignant Marguerite, Angèle lui sauta
au cou, en s'écriant :

— Quelle joie de vous revoir, enfin! Aussitôt que mon père m'a appris votre arrivée, j'ai hâté l'achèvement de ma toilette, franchi la petite porte, et me voici.

— Mon oncle nous a promis de revenir.

— Il va me suivre : je l'ai laissé dans son atelier, en train de donner des conseils à son élève, M. Lambert.

— A propos, fit Henri, comment se porte ce futur grand homme?

— Ne raillez pas ce pauvre garçon, mon cousin, il est convaincu, ce sera un artiste un jour : c'est pourquoi mon père a consenti à lui donner des leçons.

— Hum! fit Henri, vous défendez beaucoup ce jeune homme, Angèle!

— Est-ce seulement par conviction ?

— Oh! le curieux! s'écria mademoiselle Ferrand, avec une mutinerie charmante.

— Répondez-moi, ma chère enfant, comme si Marguerite elle-même vous adressait cette question, continua Renaud d'un ton sérieux.

— Faut-il? fit la jeune fille, en s'adressant à sa cousine.

Madame Renaud répondit affimativement de la tête.

— Eh bien! c'est exclusivement par conviction.

— Tant mieux mille fois! s'écria Henri.

— Et pourquoi? demanda Angèle avec un étonnement qui fut partagé par Marguerite.

— Je vous le dirai un jour, chère curieuse! répondit Renaud en souriant. C'est un petit secret que je désire garder encore... Vous ne comprenez pas non plus, Marguerite? Ne m'interrogez point, je vous en prie. Ce secret ne contient, du reste, que du bonheur pour nous tous.

— J'en suis sûre, mon ami.

Lambert Bonnichon était à cent lieues de se douter de la façon dont on venait de s'occuper de lui; car, on le sait, de même qu'Angèle n'éprouvait qu'une sympathie tout amicale pour l'élève de son père, celui-ci n'avait jamais jeté sur la fille de son maître que des regards respectueux, complétement exempts de toute amoureuse flamme.

Renaud qui parfois entamait avec Angèle de légères escarmouches, l'avait questionnée moins sérieusement au fond que pour la forme, en lui parlant de ses sentiments pour Lambert; car, à vrai dire, il ne le considérait pas comme digne de sa charmante petite cousine, du moins physiquement parlant.

La conversation des trois personnages fut interrompue par la sortie d'Henri, qui désirait s'assurer par lui-même si Ursule avait ponctuellement exécuté tous ses ordres en ce qui regardait l'arrangement de l'appartement de Marguerite.

— Sais-tu qu'il est décidément charmant, ton mari? dit Angèle à Marguerite, dès qu'elles furent seules.

— Oui, c'est un homme parfait! fit la jeune femme, d'un ton froid mais convaincu.

— Comme tu me dis cela!

— Je te le dis comme je le pense.

— Bien froidement..... Ne l'aimerais-tu pas?

— Si fait, tu le sais bien; mais point aussi librement que je voudrais.

— Et qui t'en empêche? chère mignonne.

— Le scrupule que tu connais.

— Tu n'as donc pas encore suivi mon conseil?

— Gronde-moi, mais je n'ai pas osé jusqu'à présent.

— Madame ma cousine, c'est très-mal.

— N'est-ce pas? Je me le suis répété bien des fois; mais que veux-tu, Henri est si bon, il m'aime tant, que j'ai craint que ce récit ne lui fît quelque peine.

— Mais au contraire; car la grandeur même de l'amour que tu lui as inspiré empêchera M. Renaud de douter de toi ; puis, d'ailleurs, est-on jaloux d'un mort?

A ce mot, le front de Marguerite se couvrit d'une vague tristesse.

— C'est vrai, dit-elle d'une voix émue. Le pauvre garçon! mort pour moi, tué en me protégeant encore, après m'avoir sauvé la vie! Ah! Angèle, je le revois quelquefois dans mes rêves, et des larmes mouillent alors mes yeux, comme si j'étais à prier sur sa tombe.

— Il faut chasser ce sanglant souvenir.

— N'est-ce point un regret? murmura Marguerite.

— Que dis-tu? s'écria mademoiselle Ferrand.

— Rien. Ne me questionne pas. Je t'ouvre trop mon âme, j'ai peur moi même d'interroger mon cœur.

— Mais tu n'as vu ce jeune homme que bien peu de temps, objecta la jeune fille.

5.

— Qu'importe ! il m'a suffi pour l'apprécier. Quel sang-froid ! quel courage ! quel air noble et résolu ! quel charme dans la voix et dans les yeux ! fit Marguerite avec exaltation.

— Ton esprit romanesque, ainsi que la grandeur du service que ce jeune homme t'a rendu, t'égarent.

— C'est possible.

— Crois-moi, ma chère Marguerite, il faut tout avouer à ton mari. Pour la centième fois, je t'en conjure. Tu le dois. N'as-tu pas épousé M. Renaud avec joie, du reste ?

— C'est vrai ; mais c'est plus fort que moi, j'ai beau chasser ce cruel souvenir, il renaît constamment dans ma pensée comme un remords...

— Un remords !... et pourquoi ?

— Tu as raison, je suis folle !

Et accompagnant ce sombre aveu d'un geste de découragement, la jeune femme se laissa tomber sur un siége.

— Voyons, fit doucement Angèle en prenant les mains de sa cousine, ne songe plus à la province que pour te rappeler les amitiés que nous y avons laissées, et, par tous les efforts, bannis de ta mémoire la scène affreuse qui a précédé notre départ. Seule je sais ton secret jusqu'à présent ; mais, je le répète, il faut absolument le révéler à ton mari.

— Tu crois ? fit Marguerite avec crainte.

— Je te l'affirme. Il faut tout dire à M. Renaud aujourd'hui même.

— Aujourd'hui ? déjà ?

— Oui. Courage !

— Je tâcherai !

— A la bonne heure. Et, pour la jeter dans des idées plus riantes, j'ai une bonne nouvelle à t'annoncer, dit Angèle en reprenant le ton enjoué qu'elle avait d'ordinaire et en mettant la main dans la poche de sa robe... Ah ! étourdie, s'écria-t-elle tout à coup, où l'ai-je mise ?

— Quoi donc ?

— Une lettre pour toi, qui est arrivée il y a quatre jours... Je comptais aller à Paris pour te la remettre, lorsque Ursule est venue nous annoncer ton retour.

— Une lettre ? répéta Marguerite avec un certain étonnement... De qui ? questionna-t-elle.

— Ecriture inconnue, d'une personne qui

ne te connaît pas beaucoup, car elle ignore ton mariage et te prend pour ma sœur.

— Comment sais-tu? dit Marguerite de plus en plus surprise.

— C'est en voyant l'adresse, adresse ainsi conçue : « Mademoiselle Marguerite Ferrand, à Chatou (Seine-et-Oise), France, » que j'ai fait ces suppositions.

— France! fit Marguerite toute pensive : cette lettre vient donc de l'étranger?

— Oui!... Te voilà bien intriguée.

— J'en conviens.

— Je vais aller te la chercher, et dès que j'aurai pris ma leçon de dessin, je te l'apporterai.

— Non pas, méchante. Envoie-moi tout de suite cette lettre par le jardinier.

— C'est dit, curieuse, répondit Angèle ; à tout à l'heure. Je te laisse; justement voici ton mari avec M. Lambert et ton père.

VI

En passant dans le jardin, Renaud venait en effet de rencontrer Ferrand et son élève qui se dirigeaient vers sa villa.

Tous les trois rejoignirent Marguerite, et après une heure de conversation dont la gaieté naturelle de Lambert fit presque tous les frais, Henri demanda à Bonnichon s'il avait beaucoup travaillé dans les derniers temps.

Ferrand répondit pour son élève :

— Oui, nous avons pioché ferme tous les deux.

— Je serais fort désireux d'admirer vos nouvelles toiles, messieurs, fit gracieusement Renaud.

— Notre atelier vous est ouvert, mon ami.

— Allons-y! Venez-vous, Marguerite? demanda Henri à sa femme.

— Mon oncle et M. Lambert voudront bien m'excuser, répondit-elle; mais mes devoirs de maîtresse de maison me forcent à ne pas vous suivre.

— C'est juste, fit Henri, car nous dînons tous ici, n'est-ce pas?

— Volontiers, dit Ferrand, acceptant pour sa fille et pour lui.

— Voulez-vous bien être des nôtres, monsieur Lambert? poursuivit Renaud en s'adressant à Bonnichon.

— Ce sera un grand honneur pour moi, monsieur, répondit ce dernier.

— Partons! fit Henri.

Marguerite resta seule pendant quelques instants.

Ursule vint bientôt la rejoindre pour prendre ses ordres.

Lorsqu'elle se fut éloignée afin de les faire exécuter, le jardinier parut une lettre à la main.

— De la part de mademoiselle Angèle! fit-il en remettant son message à Marguerite.

— Merci, Pierre. Allez!

Le jardinier obéit.

— « A mademoiselle Marguerite Ferrand, »
lut la jeune femme. — Qui peut m'écrire? se demanda-t-elle encore en rompant le cachet de la
lettre avec une vivacité fébrile. A peine eut-
elle pris connaissance de son contenu, qu'une
pâleur soudaine couvrit son visage, et qu'après
avoir jeté un cri étouffé, elle tomba, privée de
connaissance, sur le parquet.

Voici ce que contenait cette fâcheuse missive:

« Je vous ai cherchée pendant près d'une
» année; enfin, il y a un mois, j'ai découvert
» vos traces. Je pars pour vous rejoindre. Dès
» ce jour, ma vie vous appartient! m'avez-vous
» dit Marguerite; vous tiendrez votre serment,
» n'est-ce pas? et vous serez ma femme.

« Celui qui ne vit que pour vous depuis qu'il
» vous a sauvée.

» STEPHANO. »

L'évanouissement de Marguerite ne fut point
d'une très-longue durée, et elle reprit ses sens
avant que personne ne fût rentré dans le salon.

Son premier soin, dès que le retour de ses

facultés lui eut permis de se rappeler ce qui l'avait si violemment émue, fut de ramasser la lettre qu'elle avait laissée s'échapper de ses mains et qu'elle retrouva à ses pieds.

Elle la relut une seconde fois et se dit :

— Il n'est pas mort! il m'aime toujours! et j'appartiens à un autre! Mais qui pourrait m'accuser d'avoir été parjure? Peut-on prévoir les miracles? Et pourtant, que lui dirai-je? Et Henri? Ah! Angèle avait raison, il faut que je parle maintenant : son amour me protégera contre moi-même.

Cette résolution une fois prise, il ne s'agissait plus que de l'exécuter, et, tout en étant déterminée à ne pas prolonger une situation délicate déjà, à laquelle la résurrection inattendue de Stephano venait de donner des proportions extrêmement fâcheuses, Marguerite ne put se dissimuler les difficultés qu'il lui faudrait vaincre pour faire à Renaud une confession complète, sans altérer ni leur bonheur ni la profonde affection qu'il avait pour elle.

Dès le premier jour où Henri lui avait demandé sa main, fautive de ne pas lui avoir révélé le seul fait saillant de son existence passée,

Marguerite avait aggravé ses torts autant par timidité que par respect pour l'amour immense qu'elle avait inspiré à son mari.

Dire à Henri :

— Vous n'êtes point le premier qui m'a parlé d'amour; une autre voix que la vôtre a tremblé en s'adressant à moi, une autre main que celle que vous m'avez tendue a pressé la mienne, et il me semblait que cette main protectrice et loyale, comprimait non-seulement mes doigts, mais mon cœur tout entier, lui semblait impossible.

Henri professait pour elle un culte véritable : elle était son amante, sa femme, son idole!

Marguerite le comprenait.

Révéler le seul roman de sa vie, tout chaste qu'il avait été, c'était descendre du plus enviable piédestal que puisse ambitionner une femme.

Elle ne s'était pas fait tout d'abord ce raisonnement.

Dès l'instant où en laissant sa broderie sur la table le soir où Renaud lui avait dit son amour, elle s'était moralement engagée vis-à-vis de lui, sa loyauté lui avait fait considérer comme la première de toutes les obligations qu'elle contractait, l'aveu complet du passé à son futur.

Chacun des jours qui séparèrent celui de la demande d'Henri de celui de leur mariage, Marguerite chercha vainement une occasion de lui faire ses confidences, et ne la trouvant pas, finit par se promettre de ne lui tout révéler que lorsqu'elle serait sa femme.

Et même, lorsqu'elle était sortie de l'église, où ils venaient de recevoir la bénédiction nuptiale, elle s'était dit :

— Demain, il saura tout.

Mais le lendemain, ils étaient seuls, loin de Paris, et Henri, brûlant du plus sincère et du plus complet amour se révélait aux yeux ignorants encore de Marguerite sous un jour passionné dont elle n'avait jamais soupçonné l'existence.

En ouvrant au large sa belle âme, Renaud montrait à sa femme la place énorme qu'elle occupait dans sa vie ; il lui faisait comprendre qu'il adorait en elle sa candeur et son innocence, autant que son esprit et que sa beauté ; au désir de l'amant se joignait l'admiration de l'homme mûr pour la jeune fille pure et chaste, dont le le moindre regard, n'ont pu souiller le cœur innocent.

L'admiration, le respect, la tendresse protectrice et mesurée d'Henri, révélaient à Marguerite l'immensité de sa vénération affectueuse.

— Qu'ai-je donc fait à Dieu pour te mériter, ma Marguerite? toi l'esprit, la beauté, la candeur, la vertu même! Toi chaste enfant si pure et si belle, que malgré le droit sacré que mon titre d'époux me donne, chaque fois que je vais te presser sur mon cœur, la pensée de me jeter à tes pieds et de baiser la trace de tes pas me vient à l'esprit, lorsque, les yeux dans tes yeux, je laisse monter à mes lèvres mon cœur tout entier.

De semblables discours n'étaient pas faits pour faciliter à Marguerite la révélation du mystère de sa vie.

Puis, en considérant cette révélation comme un implacable devoir, ne dépassait-elle pas les bornes des véritables obligations que sa qualité de femme lui imposait?

Ne valait-il pas mieux qu'Henri ignorât toujours cette page de sa vie, que de lui causer un chagrin profond et peut-être perdre de son affection et de son amour en la lui révélant tout entière ?

Une fois lancée dans ces raisonnements, qui lui permettaient d'ajourner encore cette confidence si redoutée pour finir peut-être par la considérer comme un excès de loyauté et de délicatesse, Marguerite chercha à les étayer par toutes les considérations possibles.

Son cœur avait-il réellement appartenu à Stephano ?

Était-ce réellement de l'amour qu'elle avait éprouvé pour lui ?

— Non, se dit-elle en s'illusionnant.

Qu'importait alors à Henri que Stephano eût exigé d'elle un serment dont elle était déliée par sa mort ?

Craintive et égarée sur la portée de ses propres impressions, cette dernière considération l'emporta sur toutes les autres, et Marguerite avait gardé le silence.

C'est alors que ses lettres à Angèle, sans lui demander un conseil direct, avaient révélé à mademoiselle Ferrand un trouble visible que celle-ci chercha à chasser du cœur de sa cousine, par les plus sages et les plus affectueux avis.

Ceux-ci ne changèrent rien à la situation, au contraire ; car, résolue à ne jamais parler de Stephano à son mari, Marguerite eût retrouvé son calme, si les lettres d'Angèle ne l'eussent fait hésiter de nouveau entre un aveu complet et un silence éternel.

Ne sachant plus quel parti prendre, Marguerite se sentit contrainte, vis-à-vis de Henri, et ses hésitations continuelles, ramenant constamment dans sa mémoire l'image de Stephano, finirent par faire prendre au souvenir de ce dernier une importance qu'il n'avait jamais eue, même à l'époque où mademoiselle d'Alber ne connaissait point encore Renaud.

On se rappelle son grand désir, après son retour à Paris, d'avoir Angèle toujours auprès d'elle. A l'affection qu'elle portait à mademoiselle Ferrand, venait se joindre, dans ce désir, le malaise invincible qu'elle éprouvait auprès de celui à qui elle avait juré fidélité et obéissance.

La lettre de Stephano rendait l'aveu de Marguerite inévitable ; elle le comprenait, et pourtant elle hésitait encore, lorsque la voix d'Henri se fit entendre dans le jardin.

Il revenait accompagné d'Angèle et de Ferrand, en discutant avec ce dernier.

Une ingénieuse pensée traversa l'esprit de Marguerite et lui fournit le moyen de savoir, avant de tout dire à son mari, l'effet que pourrait produire sur lui la grave confidence qu'elle méditait.

Ferrand entra tout en poursuivant l'argumentation qu'il avait commencée.

— Je vous le répète, mon cher, dit-il à Renaud, vous êtes dans une erreur grave relativement à la couleur, la ligne n'est rien : une œuvre n'est belle que par son ensemble.

— Sans ligne, pas de style, répliqua Henri ; sans style, pas de grandeur. L'ensemble ne peut être parfait qu'à la condition d'une égalité parfaite entre la couleur et le dessin.

Angèle, qui portait sa broderie et son chapeau de paille à la main, et pour qui la question traitée par Renaud et par Ferrand n'avait qu'un médiocre attrait, s'approcha de Marguerite :

— J'ai apporté mon ouvrage, lui dit-elle... Ciel ! qu'as-tu ? tu es toute pâle.

C'était vrai ; au cri de mademoiselle Ferrand, Renaud s'élança vers sa femme.

— Eh! oui, fit-il en voyant sa pâleur. Oh! mon Dieu! Ursule, va chercher le docteur, ordonna-t-il par la fenêtre.

La vieille bonne obéit aussitôt.

— Ne vous alarmez point, mes amis, fit Marguerite, c'est une nouvelle de ce volume que je viens de lire qui m'a émue ainsi.

Et elle désigna du geste un livre qui se trouvait placé sur un meuble à portée de sa main.

— Enfant! lui dit Henri d'un ton attendri.

— Voilà ce que c'est que de lire des romans, lança le peintre.

— Ne la grondez pas, Bartholo que vous êtes! Et que racontait ce livre, ma chère Marguerite? reprit l'architecte.

— Une histoire poignante, mon ami; un drame du cœur. Il s'agit d'une jeune fille dont un jeune homme, dans une guerre, a sauvé la vie aux dépens de la sienne.

— Comme dans tous les romans. Peut-on s'inquiéter de ces balivernes? interrompit Ferrand. Angèle, si jamais un jeune homme veut te sauver, tue-le, ce sera plus sage. Oh! les sauveurs!

— Sous l'empire d'une reconnaissance profonde, la jeune fille jure à son généreux protecteur de lui consacrer sa vie, poursuivit Marguerite.

— Ah! je comprends, se dit Angèle.

— Mais, tandis qu'il veille encore sur elle, deux balles l'atteignent, poursuivit madame Renaud.

— J'attendais les deux balles.

— Laissez-la donc poursuivre, Ferrand, fit Henri. Après, ma chère.

— Le croyant mort, la jeune fille quitte le pays où s'est accompli l'événement. Plus tard, un autre homme s'éprend d'elle et l'épouse. Tout sourit à leur bonheur; mais, un jour, la jeune femme apprend brusquement que son sauveur existe et qu'il s'apprête, ignorant son mariage, à venir, au nom de la foi jurée, réclamer sa main.

— Usé et invraisemblable. Voilà mon avis sur cette absurde donnée, s'écria le peintre.

Renaud n'était point aussi exclusif.

— Je ne le partage pas, Ferrand, dit-il.

Puis s'adressant de nouveau à sa femme, il ajouta :

— Que fait alors l'héroïne?

— Je ne sais ; j'en étais là lorsque vous êtes entrés.

— En ce cas, ma chère, je t'engage à ne pas poursuivre la lecture de ce conte dont je prévois d'avance le dénouement immoral, reprit Ferrand.

— Pourquoi accuser l'auteur sans l'avoir lu ? répliqua Henri. Jusqu'à présent, il ne met en scène que trois personnages intéressants.

Le tuteur de Marguerite n'avait point l'habitude de se laisser facilement convaincre.

— Je connais cette littérature-là, fit-il. Le sauveur devient le rival heureux du mari, ils se battent au dernier chapitre, le mari est tué nécessairement et la femme épouse... un Anglais.

— Je gage, moi, reprit Renaud, que ce n'est point du tout ainsi que les choses se passent, et voilà, à mon sens, la chose vraisemblable et raisonnée de ce conte. L'héroïne, en femme vertueuse et loyale, avoue tout à son mari. Celui-ci sait gré à sa compagne de cette franchise, et attend le jeune homme en se promettant de faire respecter son toit, en défendant la bonne foi complète de sa femme. Mais le jeune homme ne vient pas, car il apprend au dernier moment

6

que la jeune fille s'est mariée, et, se croyant trahi, la fuit en la maudissant. Voilà tout. A moins pourtant que dans un épilogue, l'auteur, afin de ne point faire une victime de son héros, n'accorde à ses personnages une juste récompense de leurs vertus.

— Hum! riposta le peintre, dénouement moral et bourgeois; n'importe, vous bâtissez fort bien, monsieur l'architecte, même les romans.

Angèle et Marguerite avaient suivi cette discussion avec un égal intérêt.

La façon dont Henri prévoyait que pouvait se dénouer l'aventure, engageait Marguerite à s'ouvrir à lui et démontrait à Angèle qu'elle devait faire en sorte de hâter la confidence de sa cousine; aussi, mue par ce désir, avait-elle mis son chapeau de paille ainsi que ses gants pendant que son père parlait.

Ferrand ne remarqua ces apprêts de départ que lorsqu'il eut fini sa phrase :

— Que fais-tu donc? demanda-t-il à sa fille.

— Je vous attends, mon père.

— Comment! tu m'attends?

— Oui; quel jour sommes-nous?

— Dimanche.

— Or, que faites-vous le dimanche?

— Je me repose.

— En me menant promener, n'est-ce pas?
Eh bien ! il est l'heure, venez.

— Y penses-tu ?

— Parfaitement, répondit la jeune fille avec
un sérieux imperturbable en se rapprochant de
sa cousine pour lui glisser ces mots à l'oreille :
— Je l'emmène pour que tu puisses achever
ta confidence.

Ferrand résistait moins à sa fille qu'à personne ; cependant il répliqua :

— Mon cher tyran, tu sais que j'ai l'habitude
de subir tous tes caprices.

— Pauvre victime ! plaignez-vous donc ! fit
Henri en riant.

— Mais, poursuivit le peintre, sans faire attention à cette raillerie, aujourd'hui qu'Henri
et sa femme sont là, je ne te mènerai promener
que s'ils nous accompagnent.

— Mon adoré petit père, fit Angèle, en s'emparant de la main de Ferrand, vous raisonnez
comme un sage, mais Marguerite est encore souffrante.

— Le grand air lui fera du bien. N'est-ce pas, Renaud ?

— Excusez-moi, mon oncle, mais je ne pourrais marcher, dit Marguerite.

— Vous voyez bien, mon père, continua mademoiselle Ferrand.

Et baissant la voix, tout en désignant du geste Henri qui s'était assis aux côtés de sa femme et la considérait avec une tendre sollicitude, elle ajouta :

— Vous ne devinez donc pas que mon cousin sera enchanté de rester seul avec Marguerite pour la soigner à loisir ? Votre entêtement est cruel.

Ferrand hésita encore pendant quelques secondes ; puis, il prit des mains d'Angèle son chapeau et sa canne que la jeune fille était allée lui chercher.

Quelques instants après le père et la fille cheminaient sur la route de Croissy.

Henri, qui avait accompagné le peintre et sa fille jusqu'au perron, revint, lorsqu'ils se furent éloignés, vers sa femme et lui dit :

— Tu es vraiment trop nerveuse pour ne point apporter une prudence extrême dans le choix de tes lectures, ma chère Marguerite. Ce maudit livre, ajouta-t-il en s'emparant du volume que lui avait désigné madame Renaud ; mais à peine l'eût-il dans les mains qu'une profonde stupéfaction se peignit sur ses traits.

— Que vois-je ! les feuillets de ce volume ne sont pas même pas coupés ! Que veut dire ceci ?

Toutes les émotions que Marguerite avait ressenties, ainsi que la vague crainte que ce moment solennel lui inspirait firent éclater ses impressions secrètes, et elle se jeta dans les bras de Renaud, en s'écriant les yeux noyés de pleurs :

— Ah ! mon ami !

— Des larmes ! fit Henri.

— Ne les redoublez pas par vos reproches, je vous en conjure.

— Depuis que je te connais, un seul mot amer s'est-il jamais échappé de mes lèvres ?

— Oh ! jamais !

— Par grâce, alors, pourquoi ces pleurs ?

— Mon ami, j'ai été bien coupable envers vous.

Ce mot n'effraya point Renaud, il avait en Marguerite une confiance aveugle.

— Coupable ! répéta-t-il avec un sourire. Et

6.

quel criminel enfantillage ma chère femme a-
t-elle commis ?

— Ne raillez pas, Henri; c'est justement que
je m'accuse.

— Mais de quoi, enfant?

— Vous ne m'avez donc pas comprise? fit
Marguerite d'une voix émue. Non! je n'ai pas
lu une seule page de ce livre, et pourtant le
roman que je vous raconte existe... car son
héroïne... c'est moi !

— Vous! s'écria Renaud, qui s'attendait si
peu à cette cruelle révélation, qu'un nuage noir
passa devant ses yeux.

Il y eut un silence pénible.

Haletante, la jeune femme adressait à son
mari des regards suppliants.

L'amour fut plus fort que la douleur, le respect vainquit le doute.

Henri s'empara brusquement de la blonde
tête de Marguerite et déposa sur son front le
baiser de paix.

Cette marque d'attachement loyal toucha la
jeune femme.

— Ah! vous êtes bon et généreux, dit-elle.

— Je vous estime autant que je vous aime,

rien de plus, répondit l'architecte avec simplicité. Maintenant, dites-moi tout.

Marguerite sembla s'armer une dernière fois
de courage, et, ayant rassemblé ses souvenirs
pendant un nouveau silence de quelques secondes, elle prit la parole en ces termes :

— Vous savez, mon ami, que nous quittâmes la province à la suite du sac de la villa que
nous y habitions près de Coulmiers ; mais je ne
vous ai jamais raconté ce qui m'arriva pendant
les derniers jours qui précédèrent notre départ.
L'ennemi s'avançait. Mon oncle eut peur, non
pour lui, mais pour Angèle et moi. Afin de nous
mettre en sûreté, tous les rapports affirmant
que les Prussiens ne passeraient pas chez nous
qu'une semaine après au plus tôt, mon oncle
me quitta un matin avec ma cousine, afin de
chercher à la ville les moyens de sauver ce que
contenait notre habitation. J'y étais seule lorsque
des hulans l'envahirent ; mais bientôt ils y furent attaqués par des volontaires de l'armée de
la Loire, auxquels s'étaient joints quelques
francs-tireurs. Les assaillants étaient les plus
nombreux. Se voyant en péril, les Prussiens
conçurent un projet réellement infernal. Afin

de tenter une sortie, ils s'emparèrent de moi,
et, se servant de mon corps comme d'un bou-
clier, s'avancèrent à la file, dans le jardin,
afin de fondre à l'arme blanche sur les agres-
seurs.

— Grand Dieu ! s'écria Henri.

— Ah ! mes bourreaux connaissaient bien les
sentiments généreux de ceux qu'ils combattaient,
car dès que je parus, tous les fusils français
s'abaissèrent ; mais les Prussiens continuaient
de tirer ; alors le chef des francs-tireurs les
somma de mettre bas les armes et de se rendre.
Ce fut en vain. Après un moment d'hésitation,
plus long qu'un siècle, car malgré ma frayeur
j'en comprenais toute l'importance pour moi :
» —Pardonnez-moi, me cria-t-il, et sachez mourir pour la patrie ! » Puis, sans se laisser émouvoir par l'exclamation de terreur qui s'échappa
malgré moi de mes lèvres, il ordonna la riposte
à ses compagnons.

— Ma pauvre Marguerite ! interrompit Henri
ému au dernier point par le dramatique récit
que lui faisait sa femme.

— Cet ordre, c'était ma mort. Je fis une
courte prière, je fermai les yeux et j'attendis...

Dieu m'écouta sans doute, reprit Marguerite, car alors qu'il me semblait qu'une seconde à peine me séparait de son suprême appel, je me sentis enlevée, portée au loin, dans une vigoureuse étreinte, tandis qu'une double détonation dont le sifflement des balles parvenait jusqu'à moi m'annonçait que la lutte venait de recommencer encore plus acharnée. J'adressai à mon sauveur un regard d'éternelle reconnaissance et je m'évanouis. Lorsque je revins à moi, j'étais étendue sur une chaise-longue dans la salle qui nous servait de salon. M. Stephano, c'est ainsi que se nommait celui à qui je devais la vie était à genoux près de moi. « — Ne craignez rien, me dit-il, nous sommes seuls. Chassés par nous, les hulans se sont éloignés, et bientôt, je l'espère, je pourrai vous faire gagner Orléans. »

— Et... après? fit Henri d'un ton qu'il s'efforçait de rendre calme.

— C'était vrai, je n'avais plus rien à craindre, mais toutes les communications étaient interrompues; cernés par les envahisseurs, nous étions prisonniers dans un vaste espace. Quatre jours se passèrent. Lorsqu'arriva le soir, à l'heure où mon sauveur se retirait d'ordi-

naire, le quatrième jour, il me dit. « — Dormez
en paix, mes compagnons et moi nous allons
gagner la plaine, d'où nous veillerons sur
vous; sur vous, répéta-t-il d'un accent attendri,
qui êtes dès à présent ce que j'ai de plus cher
au monde. » Et comme la surprise se peignait
sur mes traits, il se jeta à mes pieds, et, ému, élo-
quent, il ajouta : « — Je vous vénère et je vous
adore, je ne veux vivre désormais que pour
vous ! Voilà quatre jours que nous nous con-
naissons, et il me semble ne vous avoir jamais
quittée. Par grâce, je suis digne de vous, je
vous l'affirme : ne me repoussez pas ! jurez-moi
qu'un jour vous serez ma femme, si vous ne
voulez pas que je meure. » Que vous dirai-je,
Henri, sous l'empire d'une émotion irrésistible
mon enthousiasme pour la délicatesse, le courage et dévouement de celui à qui je devais la
vie, exalta mon imagination. Je pris la main
qu'il me tendait et sans me rendre compte peut-
être de toute la gravité de mes paroles, je m'é-
criai : « — Dès ce jour ma vie vous appartient :
je vous en fais le serment ! » — « Oh! merci! »
s'écria-t-il, et il porta ma main à ses lèvres. Je
vous dis tout.

— Continuez, continuez, Marguerite! dit
Henri avec une certaine brusquerie.

— Après une nuit d'angoisses dont le silence
ne fut troublé que par les coups de feu qui retentissaient de temps en temps dans la plaine,
dès l'aube j'appelai, nulle voix ne répondit à la
mienne. Je franchis la grille de la villa et après
avoir fait quelques pas sur la route, je vis,
sanglant, étendu sur le chemin, celui à qui la
veille j'avais juré d'appartenir. Il était pâle,
immobile! Je n'osais approcher. — « Il est
mort! » me dit-on. Glacée de terreur, désolée,
chancelante, je rentrai prier Dieu pour son âme.
J'étais encore à genoux lorsque mon oncle et
Angèle arrivèrent. Nous quittâmes la villa
quelques heures plus tard, et trois mois après
je vous vis pour la première fois. Voilà ce que
j'aurais dû tout d'abord vous dire; mais je n'ai
point osé jusqu'à présent, et j'ai toujours
craint de vous blesser au cœur en vous révélant qu'un serment solennel me liait à ce
souvenir.

Depuis que Marguerite était sa femme,
l'heure qui venait de s'écouler avait été la plus
cruelle pour Renaud.

Pendant le long récit qu'elle venait de lui faire, il lui avait fallu appeler à lui toute son énergie et toute sa volonté pour pouvoir l'écouter jusqu'au bout.

Mille craintes chimériques, dont il reconnut lui-même l'exagération, s'étaient emparées d'abord de son esprit et avaient mis son cœur à une torture des plus cruelles.

Mais, au fur et à mesure que se déroulait cette terrible histoire, Henri avait puisé une héroïque philosophie dans la suavité de la physionomie de la jeune femme, ainsi que dans son chaste et pur regard, et lorsqu'elle se tut, la résolution de Renaud était prise si bien, que ses traits ne conservaient aucune altération, et que nul n'eût pu trouver sur son visage la trace du terrible orage qui venait d'avoir lieu dans son âme.

— Qui vous a révélé l'existence de ce Stephano ? demanda-t-il au bout d'un moment.

— Cette lettre ! répondit franchement Marguerite, en tirant de son sein la missive dont la réception lui avait causé tant d'émoi.

Henri s'en empara et, sans l'ouvrir :

— Si ce jeune homme a retrouvé vos traces,

dit-il, c'est chez votre. oncle que vraisembla-
blement il se présentera, or, à peine arrivé, la
nouvelle de votre mariage lui fera reprendre le
chemin de son pays. S'il persiste malgré cela,
c'est à moi de vous épargner d'injustes reproches ;
et s'il est aussi loyal que brave, l'immutabilité
des faits accomplis lui rendra la raison.

La généreuse loyauté et le sentiment exquis
qui guidaient Renaud, soulagèrent Marguerite
de l'énorme poids qui pesait sur son cœur depuis qu'elle avait reçu la lettre de Stephano, et
elle s'écria avec une sincère reconnaissance et
une admiration profonde :

— Ah ! je le devais ; mais que j'ai bien fait
de tout vous dire, Henri.

— Je vous remercie de votre confiance, si
tardive qu'elle soit, répliqua-t-il.

Et afin de témoigner à Marguerite toute son
estime, toute sa confiance, il déchira la lettre de
Stephano en ajoutant simplement :

— Est-ce bien ?

— Oh ! mon ami, pouvez-vous me le demander ? fit Marguerite avec attendrissement. Ainsi
vous ne m'en voulez pas ?

Renaud avait retrouvé tout son calme.

7

— Non, répondit-il, en tendant ses bras à sa femme, qui s'y jeta aussitôt; non, sur Richard, je vous le jure !

En ce moment, et comme pour donner au serment de Renaud une solennité plus grande, les cloches de l'église, appelant au loin les fidèles à la prière, se firent entendre.

Marguerite était chrétienne.

La guerre l'avait rendue pieuse.

Renaud respectait cette piété comme il respectait toutes les volontés de sa chère Marguerite :

— Je voudrais aller prier pour remercier le ciel de m'avoir donnée à vous, Henri, dit-elle en lui tendant son front rasséréné.

— J'y consens, ma femme bien-aimée, répondit Renaud, et je vais vous mener moi-même jusqu'à l'église puisque vous désirez vous y rendre. Allez vous apprêter, j'ai un mot à dire à Ursule que j'aperçois se dirigeant de ce côté.

Disant ces mots, Renaud posa une seconde fois ses lèvres sur le front de Marguerite, qui le quitta pour aller prendre un châle et mettre son chapeau de campagne.

Ursule entra en cet instant.

Henri, jusqu'au moment où sa femme avait

entamé le récit de son aventure avec Stephano, s'était montré ce jour-là d'une gaieté charmante.

Et en effet, il avait la joie au cœur.

Nous allons en expliquer immédiatement le motif.

— Qu'est-ce ? demanda Renaud à Ursule.

— Je viens de chez le docteur, monsieur, il a la goutte et ne peut sortir.

— Vraiment! Pauvre docteur! mais c'est nous alors qui lui devons une visite. Nous passerons chez lui en sortant de l'église. En attendant, à nous deux, ma commère.

Et Renaud, tirant de sa poche une clef, ajouta :

— Eh bien, ne reconnais-tu pas cette clef ?

Ursule l'examina un moment.

— La clef de la chambre de M. Richard ! s'écria-t-elle.

— Justement.

— Monsieur a donc oublié qu'il m'a dit que personne n'entrerait dans cette chambre avant le retour de l'enfant ?

— Je n'ai rien oublié, Ursule.

— Il revient donc ? demanda la vieille bonne avec une invisible émotion.

— Demain il sera ici.

— Ah ! monsieur, quel bonheur !

— Du calme et pas un mot, ma brave Ursule, reprit Renaud, c'est une surprise que je ménage à Marguerite.

— Mon Dieu, mon Dieu, s'écria Ursule au comble de la joie, je vais enfin le revoir. Et depuis quand, monsieur, avez-vous reçu cette heureuse nouvelle ?

— Depuis hier. Veille à tout pour son installation, je vais rejoindre Marguerite : nous sortirons par les champs, c'est plus court.

Et il la quitta.

— Pauvre cher monsieur, que d'attentions, se dit Ursule, dès qu'elle fut seule. Ah ! cela se comprend quand on déjà vu celle qu'on aimait s'en retourner là-haut, d'où l'on ne revient pas !

Puis recaressant de nouveau l'espoir si cher de revoir bientôt celui qu'elle avait élevé :

— Mon cher petit Richard ! ajouta-t-elle. Demain notre séparation sera finie. Enfin !

En ce moment Lambert parut.

— Madame Ursule, dit-il.

— Que désirez-vous, monsieur Lambert ?

— Je viens chercher M. Ferrand; quelqu'un le demande au chalet.

— Il est sorti avec mademoiselle Angèle.

— Et quand rentrera-t-il?

— Je l'ignore.

— Nous pourrions le faire chercher par Pierre, dans la campagne, en lui faisant dire le nom de la personne qui désire le voir.

— Ce serait une idée ; mais ce nom, je l'ignore.

— Comment?

— Oui, ce n'est pas moi qui ai reçu ce visiteur; mais n'importe, je vais aller vers Croissy, c'est la promenade ordinaire de M. Ferrand.

— C'est cela. Bonne chance.

Le visiteur dont Lambert venait d'annoncer l'arrivée, se lassant d'attendre, avait, pendant ce temps, quitté le chalet de Ferrand, et au lieu de ressortir par la grille pour gagner la route il avait pris la direction de la villa Renaud comme quelqu'un à qui les lieux sont familiers.

Il ne tarda pas à franchir la petite porte de communication enclavée dans la haie qui donnait accès dans le jardin de Renaud, tandis que

Lambert le quittait en gagnant la route par la grille principale qui se trouvait de l'autre côté de la villa.

C'était un jeune homme de vingt-trois à vingt-quatre ans, à la mise élégante, à la démarche assurée sans être provocante.

Des cheveux noirs légèrement bouclés encadraient sa figure intelligente aux grands yeux doux et sereins.

Une moustache soyeuse dessinait le contour de ses lèvres souriantes, sous lesquelles des dents irréprochables étalaient leur double rangée régulière et d'une éclatante blancheur.

Son teint mat, légèrement bruni par le soleil, donnait à sa figure une virilité sans excès qui lui imprimait je ne sais quoi de grave et d'aimable à la fois.

Traversant sans aucune hésitation, en suivant le chemin le plus court, la distance qui le séparait de la villa Renaud, le nouveau venu gravit d'un pas léger le perron de celle-ci et pénétra en maître dans le salon où se trouvait Ursule.

— Eh bien ! c'est moi, lui dit-il.

— Un jeune homme !

Puis, avec un cri :

— Richard... vous !

— Toi, ma bonne Ursule ! toi, reprit Richard Renaud, tutoie-moi comme par le passé.

Ces paroles encourageantes et affectueuses allèrent droit au cœur de la vieille femme.

— Oh ! cher enfant, dit-elle, voilà la plus grande joie de ma vie !

Et Richard, la sentant s'affaisser dans ses bras dut la soutenir ; car la pauvre Ursule, vaincue par l'émotion, allait se laisser choir.

— Eh bien ! eh bien ! lui dit le jeune homme en l'embrassant de tout son cœur.

— Ce n'est rien, reprit Ursule en faisant un effort, la surprise, l'émotion. Comme tu as grandi, embelli ! Nous parlions de toi il n'y a qu'un instant ; monsieur ne t'attendait que demain.

— J'avais compté sans le calme plat, reprit Richard. La traversée a été heureuse et courte, je ne me suis pas arrêté une minute. J'avais hâte de vous voir tous. Où est mon père ?

— Il vient de me quitter pour rejoindre madame.

— Ah ! fit Richard. Parle-moi d'elle et sois

franche ; car jusqu'ici je ne connais d'elle que son nom de famille : d'Alber.

— Ah ! mon cher enfant, je n'ai rien à te cacher : c'est un ange du bon Dieu sur la terre.

— Mon père l'aime ?

— Ah ! Seigneur Jésus, autant que toi.

— Tu vas me rendre jaloux.

— Toi, mon pauvre enfant ! dit Ursule avec étonnement.

— M'en crois-tu capable ? demanda Richard avec un sourire.

— Non.

— Et tu as raison, reprit-il ; il comprend l'amour, va !

Ces derniers mots furent prononcés par Richard avec un accent de sincérité qui frappa Ursule.

— Tu aimes donc quelqu'un ? demanda-t-elle à son tour.

— De toute mon âme, répondit le jeune homme avec enthousiasme.

— Voilà les enfants qui s'en mêlent !

— J'ai vingt-quatre ans ! protesta Richard.

— Oh ! je le sais, reprit la bonne femme ;

j'ai compté les mois depuis ton départ. Cinq ans!
Je tremblais de mourir avant de t'avoir revu,
ajouta-t-elle avec émotion. Mon cher Richard!
mon cher enfant! Ah! ne te fâche pas, au
moins, que je te traite ainsi comme par le
passé.

— Me fâcher! s'écria Richard. Tiens, embrasse-moi encore : cela te fera plaisir, et à
moi aussi!

Ursule ne se le fit pas répéter.

Saisissant la tête du jeune homme, qui se
pencha vers elle pour faciliter son affectueux
mouvement, elle imprima un long baiser sur
chacune de ses joues.

— Ah! maintenant, ma tâche est finie, dit-
elle. J'ai eu ma récompense.

Et elle sortit pour aller prévenir son maître.

Dès qu'il fut seul, Richard jeta un regard
attendri et charmé sur tout ce qui l'entourait.

— Enfin! se dit-il, je suis sous votre toit,
chère maison aimée et joyeuse où mon enfance
s'est écoulée! Reconnaissez-vous celui qui ne
vous a point oubliée?

Puis remarquant les embellissements de la

7.

villa, ainsi que le nouveau confort qui y régnait,
il ajouta :

— Que de changements ! Ah ! on voit à l'instant qu'une femme jeune et adorée habite ici !

La promenade de Ferrand et de sa fille n'avait pas été longue ; seulement, au lieu de se
diriger vers Croissy, but ordinaire de leurs sorties, ils avaient pris le chemin de Chatou : ce
qui fit que ce fut en vain que Lambert les chercha sur la route.

Lorsque le peintre et sa fille reprirent le
chemin du chalet, ils aperçurent de loin Renaud et Marguerite qui se dirigeaient vers l'église.

—Tiens, ils sont sortis seuls. Cela n'est guère
flatteur pour nous, dit Ferrand.

— Pourquoi donc ? Cela prouve simplement que, se trouvant mieux, Marguerite a
éprouvé le besoin de respirer l'air du bord de
l'eau.

— L'explication peut s'admettre.

Ils rentrèrent.

Ferrand regagna son atelier et Angèle se mit
à moissonner dans les plates-bandes, afin de
remplir de fleurs deux grands vases du Japon

qui se trouvaient dans le salon de Renaud.

Lorsque sa récolte lui parut suffisante, les mains pleines de roses, elle courut à la villa, dans laquelle elle entra en courant, en appelant Ursule à son aide.

Richard se trouva de cette façon en face d'elle au moment où Ursule venait de le quitter.

La prenant pour sa belle-mère, il se dit :

—Elle ! sans doute.

Angèle, en le voyant, s'arrêta en murmurant tout étonnée :

— Un étranger !

Richard s'inclina et lui dit :

— Vous appeliez Ursule : elle me quitte à l'instant, madame.

— Mademoiselle, je vous prie... monsieur, rectifia Angèle avec un sourire.

— Mille pardons, reprit Richard. Ce n'est donc pas à madame Renaud que j'ai l'honneur de parler ?

— Non, monsieur ; je suis sa cousine.

— Veuillez excuser ma méprise, mademoiselle.

Il y eut un silence assez long.

Richard enveloppait la jeune fille d'un regard d'admiration respectueuse.

Sous l'empire d'une contrainte invincible, Angèle se sentit rougir malgré elle.

— Allons, se dit Richard, faisons connaissance avec ma nouvelle famille ! Et afin de réentamer la conversation, jetant un regard sur la moisson d'Angèle, il ajouta :

— Les belles fleurs !

— N'est-ce pas ? reprit-elle joyeuse. J'ai dévalisé le jardin.

Disant ces mots, elle alla à la cheminée, y prit un des vases et revint vivement vers la table près de laquelle elle s'arrêta pour demander à Richard :

— Vous permettez ?

— Je vous en prie : j'attends ici mon...

Il allait dire mon père ; mais afin de prolonger son incognito qui intriguait beaucoup Angèle, c'était visible, il se reprit et lui dit :

— J'attends ici M. Renaud.

Puis changeant de ton et allant également prendre le second vase à la cheminée, il ajouta :

— Je vais même vous aider.

— Quoi ! vous consentiriez ?...

— A me rendre utile, interrompit Richard ;

oui, certes, et jamais je ne l'aurai fait avec autant de plaisir.

Angèle ne fut pas insensible à ces aimables paroles.

— J'accepte alors, dit-elle.

— Merci! lui lança généreusement Richard.

Tous deux se mirent à l'œuvre, groupant les roses d'après leur ton afin d'en harmoniser la disposition avant de les mettre dans les potiches.

— Quel peut-être ce jeune homme? pensait Angèle; je n'ose le lui demander.

Richard rompit le silence :

— Est-ce bien ainsi?

Et il présenta à l'examen de la jeune fille le bouquet qu'il venait de commencer.

— On ne peut mieux! dit-elle.

Puis, après un temps :

— Mais je suis toute confuse de ma hardiesse.

— Et moi tout fier de votre confiance; nous serons amis, n'est-ce pas?

Cette question n'était pas faite pour amoindrir la curiosité d'Angèle.

— M. Renaud vous connaît donc beaucoup? reprit-elle.

— Beaucoup.

— Ah! Mais je suis peut-être indiscrète!

— Nullement, répondit Richard en se disant à part lui : — La bonne question!

— Et depuis longtemps? poursuivit Angèle.

— Depuis très-longtemps! répondit Richard en riant.

— Ah! fit la jeune fille plus intriguée que jamais.

Puis, jetant un regard sur le travail du jeune homme :

— Cette rose ne ferait-elle pas mieux au milieu? ajouta-t-elle. Je la trouve d'un ton bien vif pour la bordure.

L'observation était parfaitement juste.

Elle prouvait, en outre, qu'Angèle était la digne fille d'un peintre qui passait, à juste titre, pour un coloriste remarquable.

Aussi Richard s'écria-t-il :

— Vous avez cent fois raison!

Et aussitôt il modifia son bouquet de la façon dont venait de le lui indiquer la jeune fille, en ajoutant :

— Veuillez excuser ma maladresse.

— Un manque d'habitude, tout au plus, monsieur?... Monsieur? insista-t-elle.

L'attaque était directe.

— Ah! vous tenez à savoir qui je suis? reprit
Richard.

— Avez-vous un motif pour ne point me le
dire?

— Non, mademoiselle; et si je ne me suis
pas fait immédiatement connaître, c'est parce
que je désirais que M. Renaud vous apprît lui-
même mon nom. Avez-vous beaucoup d'affection
pour lui?

— C'est l'être le meilleur et le plus parfait
que j'aie vu, répondit mademoiselle Ferrand
avec conviction.

Ces paroles enchantèrent Richard.

— N'est-ce pas? dit-il; et tout le monde est-il
de votre avis?

— Comment tous ceux qui le connaissent ne
l'aimeraient-ils pas? ajouta Angèle en replaçant
sur la cheminée un des vases remplis de fleurs.

— Ah! fit Richard, vous ne sauriez croire à
quel point vous me rendez heureux!

— Vous aimez donc bien M. Renaud?

— Si je l'aime! dit Richard, en s'emparant

du second vase, dont il venait d'achever la garniture, afin de le remettre où il l'avait pris.

En cet instant une voix partant du jardin se fit entendre.

— Où est-il ?

C'était celle de Renaud.

À cet appel qui ne pouvait s'adresser qu'à lui, Richard n'écouta que son cœur, et remettant vivement le vase sur la table, il se précipita à la rencontre de son père.

L'appel d'Henri et la façon dont le jeune homme venait d'y répondre éclairèrent Angèle.

— Ah ! vous êtes son fils ! dit-elle, tandis qu'Henri et Richard tombaient dans les bras l'un de l'autre.

— Mon Richard ! fit Renaud en l'embrassant avec effusion.

— Je ne m'étais pas trompée ! ajouta mademoiselle Ferrand.

La joie de Renaud était immense, son fils, qu'il adorait, était enfin de retour.

— C'est toi, bien toi, cher enfant ! reprit-il en le couvrant de caresses. Quelle joie ! Laisse-moi te regarder. Tu es un homme ! tu es beau !

— Mon père ! fit Richard en rougissant et en désignant du geste mademoiselle Ferrand.

— Ah ! ah ! tu étais avec la petite cousine ! dit Renaud ; et s'adressant à Angèle, il ajouta d'un ton plein d'orgueil : j'espère que le sort vous favorise, mademoiselle, en vous plaçant la première sur la route de ce charmant jeune homme.

Angèle avait trop bon cœur pour que la moindre raillerie pût jamais sortir de ses lèvres, néanmoins son orgueil de femme se révolta légèrement, et elle répliqua d'un ton enjoué :

— Je n'abuserai pourtant pas des bontés du destin, et je vous laisse. Non, ne faites pas même semblant de me retenir, vous devez trop vivement désirer d'être seuls.

— Vous êtes aussi spirituelle que jolie, ma chère Angèle ! Allez dire à votre père que mon fils est arrivé, je vous prie, et soyez tous deux ici, à six heures, avec M. Lambert.

Angèle s'inclina et sortit.

— Comment trouves-tu cette belle enfant ? demanda Henri à Richard, dès que mademoiselle Ferrand eut disparu.

— Charmante, mon père.

— N'est-ce pas? Eh bien! son cœur vaut
mieux encore que son visage; mais laisse-moi
t'embrasser encore, mon Richard.

— Cher père! fit le jeune homme en se prêtant
de nouveau à l'étreinte de Renaud, tu m'aimes
donc toujours?

— Plus que jamais. Voyons, parle, raconte-
moi vite ces cinq mortelles années. Qu'as-tu fait?
qu'as-tu vu? qu'as-tu pensé? mon cher prix de
Rome. Ah! pourquoi l'as-tu mérité?

— Tu le regrettes?

— Non, j'en suis fier à présent que notre séparation si longue est terminée.

Et faisant asseoir Richard sur le canapé, Renaud poursuivit :

— Voyons, parle! Tu es un homme maintenant; je puis provoquer toutes tes confidences...
je le dois même.

— Ma vie a été laborieuse, tu le sais.

— Oui, et tes envois m'ont ravi. Tu as du
talent déjà, le meilleur de tous, celui qui ordinairement est le précurseur du génie, c'est pourquoi je t'ai dit : reste!

Ce mot fut prononcé par Renaud d'une voix
sombre.

Il y avait tout à la fois une excuse et une résolution dans son accent; c'est que ce mot, c'est
que ce « reste » résumait pour l'architecte le
plus grand combat de sa vie.

Ce Français, mais cet artiste, ce père! n'avait
pas voulu que son fils se battît.

Profitant du peu de jours qui séparèrent la
capitulation de Sedan de l'investissement de Paris,
Henri avait envoyé au Monte-Pincio un ordre
suprême.

— Reste! En vain ta patrie t'appelle, en vain
elle compte sur toi; je suis jaloux d'elle, moi,
ton père, qui sais ce que tu vaux, et je t'en conjure, garde-toi pour l'avenir, laisse à d'autres
la noble tâche de défendre la France et de mourir pour elle, toi, tu dois vivre pour sa gloire!

— Oh! mais ne crains rien, poursuivit-il, je
me suis battu pour deux.

Renaud disait vrai.

Le 17 septembre, une lettre de Richard lui
était arrivée; le jeune homme la terminait en
promettant à son père de respecter sa volonté,
tout en le suppliant de revenir sur sa décision.

Ce fut avec une joie énorme qu'Henri constata
l'obéissance de son fils; mais cette joie fut de

courte durée. Lorsque le soir arriva, le doute
pénétra dans son esprit; il se demanda jusqu'à
quel point il avait le droit de priver la patrie
d'un de ses soldats.

La défense faite par lui à Richard ne consti-
tuait-elle pas un acte arbitraire, non-seulement
envers le pays, mais encore envers le courage
de son fils et l'amour du sol natal qu'il avait su
lui inculquer?

De longues heures d'hésitation furent le résultat de ses pensées, et le scrupule paternel
grandit tellement dans l'esprit de Renaud, que
le 19 il se rendait au télégraphe de l'Ouest,
qui seul reliait encore Paris avec le dehors, pour
relever Richard de sa promesse.

Cette démarche fut inutile, les fils avaient été
coupés une heure avant; les dernières voies
ferrées étaient interrompues au mur d'enceinte,
et l'investissement complet de Paris était désormais un fait accompli.

Renaud rentra chez lui morne et sombre en
se disant :

— J'ai mal agi.

Et dès cette heure, sous l'empire d'un remords
véritable sans cesse à la recherche du danger,

il n'eut plus qu'une pensée : payer double sa dette à la patrie.

Au Bourget, à Avron, à Montretout, à Champigny, partout on vit Renaud au premier rang.

En vain, parfois ses compagnons l'engageaient-ils à plus de prudence ; jamais il ne voulait tenir aucun compte de leurs sages avis, et véritable héros, ignorant la peur, il sortit par miracle, sans une égratignure, de tous ces combats meurtriers que nous venons de citer.

L'accent pénétrant dont Renaud avait accompagné l'annonce de la part qu'il avait prise à la lutte fit ressortir des lèvres de Richard une admirative exclamation.

— Brave père, dit-il.

— Songe donc qu'ils auraient pu te tuer, toi, mon Richard ! reprit Renaud.

Puis, sur un autre ton, se remémorant le combat intérieur auquel il s'était livré :

— Crois-moi, ajouta-t-il, c'est aussi servir sa patrie que de tâcher de marquer un jour parmi ses artistes.

Et faisant un geste comme pour chasser de pénibles pensées :

— Ne pensons plus à cela, conclua-t-il. Tu

m'as obéi, merci de ton sacrifice; ton travail a dû t'en récompenser.

— Oui, je te l'ai dit déjà, ma vie a été laborieuse, mais je crois aussi qu'elle a été utile, reprit Richard avec une certaine gravité.

Et résumant les travaux accomplis par lui pendant les cinq années qui venaient de s'écouler, il poursuivit.

— Je crois avoir compris Rome et Athènes. Étudiant tour à tour Bramante et Vignole, j'ai admiré le Parthénon et le Colysée, ainsi que Praxitèle et Donatello. J'ai traversé les pâturages d'Argos, cueilli sur le rocher de Corinthe une grappe de son raisin parfumé, goûté le miel de l'Attique, puis, après avoir visité les palais déserts de Ferrare, bu dans les cascatelles de Tivoli de cette eau pure qui étancha la soif de Virgile, d'Horace et de Catulle, je suis entré dans la Ville-Éternelle. La coupole de Saint-Pierre et le Panthéon me plongèrent dans une admiration sans borne, et, plus d'une nuit, respirant de ma fenêtre, la brise du Tibre du haut du Monte-Pincio, j'ai contemplé leurs ombres gigantesques, comme les spectres imposants de la grandeur de Vespasien et du génie de Michel-Ange.

Renaud avait écouté son fils avec une sérieuse et affectueuse admiration.

— Cher enthousiaste ! s'écria-t-il, lorsque Richard se tut. Les belles choses des hommes et de Dieu sont créées pour les belles âmes.

— Comme l'affection et l'amour pour les bons cœurs, ajouta Richard.

Et celui-ci, serrant Henri dans une étreinte chaleureuse :

— Quelle joie de te revoir, cher père !

— Nous ne nous quitterons plus.

— Jamais ! Et tu es heureux ?

— Tu m'aimes assez pour que je puisse tout te dire, n'est-ce pas ? fit Renaud, en s'emparant des mains du jeune homme.

— Je sais qu'il y a place pour tous les bons sentiments dans un cœur noble et généreux comme le tien.

— Cher enfant ! Eh bien, oui, je suis heureux, très-heureux ! fit Renaud, dont le cœur débordait. J'ai vingt ans là, dans la poitrine. Il n'y a que l'amour capable de faire de pareils miracles.

— Tu as raison.

— Ah ! rien ne manque plus à mon bonheur, maintenant que je t'ai près de moi et que je te vois ; tu me permettras d'aimer ma femme.

Richard fit un mouvement.

— Redoutais-tu le contraire? dit-il.

— Pas précisément, cher enfant, mais je tremblais de t'avoir inspiré la folle crainte que l'a-
mour du mari n'eût amoindri celui du père. C'est
même pour cela que je ne t'ai pas obligé à revenir pour mon mariage, et toi-même, sans reproches, tu ne m'as pas paru le désirer grandement.

— Pardonne-moi. Bientôt tu sauras tout.

— Soit! fit Renaud, car j'ai hâte de faire
prévenir ta belle-mère de ton arrivée.

— Il me tarde également de la connaître.

Prêt à mettre sa femme et son fils en présence,
Henri fut pris d'une vague honte, généreuse et
modeste à la fois.

— Elle est bien jeune, Richard, fit-il d'un
ton presque timide ; j'ai juré de la rendre heureuse. Tu m'y aideras de tout ton pouvoir, n'est-
ce pas?

— Je te le promets, mon père, répondit le
jeune homme avec conviction. Puisque tu l'aimes,
ne dois-je pas l'aimer? Et quant à sa jeunesse,
ajouta-t-il, afin de rassurer complétement l'excellent homme qu'il adorait, et dont il devinait

la délicate susceptibilité, je n'ai qu'une chose à te dire. J'avais pris, en entrant, cette jeune fille qui vient de nous quitter pour ta femme, je te l'affirme.

— Vraiment! Mais ta belle-mère a deux ans de plus qu'Angèle.

— Deux ans! Tant que cela? fit Richard en riant.

— Moqueur! Je vais aller te chercher son portrait. Tu me diras franchement ton avis.

— Très-franchement.

— C'est une photographie, malheureusement! dit-il à Richard en revenant sur ses pas.

— Je tiendrai compte de la brutalité de l'objectif.

— Puis, poursuivit Renaud, dont le plus grand désir était de faire partager à son fils son admiration pour Marguerite, le jour où elle a posé le ciel était un peu noir.

— Je ferai la part de ce mauvais ciel-là.

— Cela me décide! fit Renaud en s'éloignant.

La conversation précédente avait jeté Richard dans les plus riantes idées.

L'amour de Renaud pour sa belle-mère le ravissait, et la joie de se trouver enfin auprès de

8

l'être qu'il chérissait le plus au monde, ouvrait son cœur aux plus doux sentiments.

— Excellent père, se dit-il, son amour l'a rajeuni. Ma confidence sera facile, il m'aidera de tout son pouvoir à réaliser mon rêve j'en suis sûr. Quel bonheur alors !

Le frôlement d'une robe de soie tira Richard de ses réflexions, c'était madame Renaud.

— Une dame, fit-il.

Il avança et poussa un cri :

— Marguerite !

— Stephano ! s'écria-t-elle aussi en apercevant Richard et en se mettant à trembler de tous ses membres. — Vous ! vous, ici !

— Chère Marguerite ! enfin je vous revois !

— O mon Dieu !

— Mais ne m'attendiez-vous pas, ma lettre ne vous serait-elle pas parvenue ?

— Oh ! si fait, fit la jeune femme d'une voix altérée en s'appuyant contre un meuble pour ne pas tomber, tant son émotion était grande.

Richard, dans son orgueil d'amant, prit pour de l'amour ce qui n'était que de la terreur.

— Eh bien ! alors, reprit-il en s'avançant vers Marguerite, mon bonheur est certain.

La jeune femme garda le silence.

— Qu'avez-vous? lui demanda Richard, vous ne répondez pas, votre front pâlit, vous vous soutenez à peine. Est-ce la joie de mon retour? m'aimez-vous comme je vous aime?

— Par grâce, lui répondit Marguerite d'une voix altérée, taisez-vous, monsieur, ne me demandez rien, je ne suis pas coupable, je vous croyais mort. Oh! je vous le jure! Pardonnez-moi et partez.

Richard pâlit à son tour, hésita un moment, avant de répondre, comme s'il doutait de la réalité, puis d'une voix altérée :

— Partir, répéta-t-il, quand je vous retrouve enfin! quand après un an de souffrances et de recherches, je touche à cet instant si ardemment désiré que seul l'espoir de l'atteindre m'a fait vivre, quand comptant sur votre serment je vous nomme déjà ma femme dans mon cœur. Ah! vous n'y songez pas, c'est impossible.

— Il le faut pourtant et je vous en conjure, supplia-t-elle en joignant les mains vers lui.

Richard devint livide.

— Mais que s'est-il donc passé? s'écria-t-il, et il allait s'élancer vers la jeune femme lorsque

Henri reparut tenant à la main le portrait qu'il était allé chercher.

— Tiens ! regarde, fit-il en le tendant à son fils ; puis, s'apercevant de la présence de sa femme : — Ah ! ce portrait est inutile, ajouta-t-il en le posant sur la table.

— Henri ! s'était écriée avec terreur Marguerite, en apercevant son mari.

Renaud lui sourit sans avoir entendu son exclamation, ou plutôt sans en avoir compris le sens, et, s'approchant de Richard, il lui dit tout bas :

— N'est-ce pas qu'elle est belle?

— Qui, elle, mon père? demanda Richard sans avoir conscience de ce qu'il disait.

— Mais elle, Marguerite, ma femme ! répondit tout haut Renaud.

— Grand Dieu !

— Son fils !

Ces deux cris de l'âme éclatèrent en même temps.

— Allons, Richard, poursuivit Renaud, que son entière satisfaction empêcha de remarquer le trouble de son fils et de sa femme, embrasse ta belle-mère.

Le désespoir clouait Richard à sa place.

— Eh bien, tu hésites, fit Henri en riant : voyons, ma chère Marguerite, tendez-donc votre joue à ce grand garçon trop timide.

Et comme la jeune femme ne put qu'articuler un « mais!... » presque inintelligible, Renaud continua :

— Je le veux. Me crois-tu donc capable d'être jaloux de mon fils ! Allons, Richard.

Le jeune homme fit un suprême effort en s'approchant de Marguerite, dont il feignit d'effleurer le front de ses lèvres, et murmura d'une voix sourde mais résolue, ces mots, qu'elle seule entendit :

— Oh ! je repartirai, madame !

VII

L'incident romanesque dont Marguerite et Richard avaient été les héros, dans le Loiret, exige quelques explications indispensables à la clarté de ce récit.

Comment Richard, en un seul jour, en une heure même, s'était-il tellement épris de mademoiselle d'Alber, que, dès cet instant, il lui avait donné son cœur entier?

Comment Marguerite avait-elle subi le pouvoir de cet amour d'une manière assez profonde pour que le souvenir du faux Stephano fût resté vivant dans son cœur, même après son mariage avec l'architecte?

C'est ce que nous allons tâcher de faire comprendre.

Il y a deux choses dans un fait : son accomplissement et son influence.

Or, cette influence dépend complétement, ma-
térielle ou morale, de l'état de la chose ou de
l'âme sur laquelle elle opère.

L'action combustible du feu reste impuissante
sur l'amiante.

Un simple regard peu enamourer à jamais.

L'amour subit résulte de ces vérités.

Tout dépend donc, pour qu'il naisse, de
l'état moral et même physique des êtres qu'il
doit attirer l'un vers l'autre.

Cinq ans avant les événements que nous venons de raconter, lorsque Richard Renaud,
après avoir obtenu le grand prix d'architecture
était parti pour Rome, il ne s'était point séparé de son père sans partager complétement
la douleur de ce dernier, qui, tout heureux d'a-
bord du triomphe de son enfant, n'avait point
tardé à presque regretter ce succès qui allait,
pendant si longtemps, le priver de la présence
de l'être qu'il chérissait le plus au monde.

Tous deux cependant avaient puisé dans l'intérêt de l'avenir qui devait élever le fils, au
grand orgueil du père, une résignation salutaire

qui tarit les larmes prêtes à jaillir de leurs yeux, en même temps que le mot : « Au revoir ! » s'échappait de leurs lèvres.

C'était la première fois que Richard quittait son père, et il sentait d'avance le vide énorme qu'un long éloignement allait faire dans son cœur ; car jusqu'alors Richard avait donné à ce père, ce cœur entièrement.

Ardent, généreux, résolu, plein d'admiration pour celui à qui il reconnaissait un talent énorme et une âme d'élite, la piété filiale était devenue pour lui un culte véritable dans lequel le respect et la tendresse avaient concentré en une unique affection, toute sa juvénile ardeur.

Amoureux de son art, désireux de se montrer digne du maître dont il portait le nom, le travail l'avait préservé des divers écarts auxquels cèdent facilement la plupart des jeunes gens à leur entrée dans le monde, et sa vie, sérieuse sans être rigide, lui avait inspiré une chasteté d'âme voisine de la froideur, mais qui, feu couvant sous la cendre, devait atteindre, à la première étincelle ardente et lumineuse, l'incandescence la plus vive.

En arrivant à Rome, Richard continua à

poursuivre son œuvre sans rencontrer encore
celle qui devait faire bouillir son sang, et lui
ouvrir les régions paradisiaques dans lesquelles
les amants jeunes et sincères pénètrent seuls.

Bien des beautés pourtant frappèrent ses regards : mais, soit qu'elles lui apparussent dans
des conditions trop vulgaires, soit que, trop absorbé par ses travaux, il ne leur accordât qu'une
admiration passagère, aucune d'elles ne marqua
d'une façon notable dans sa vie.

Près de quatre ans s'écoulèrent.

La guerre avec l'Allemagne éclata.

Nous avons déjà raconté les hésitations de
Renaud au sujet de la conduite qu'il désirait que
Richard tînt pendant cette épouvantable tragédie.

Le patriote avait vaincu le père, et alors
qu'il allait donner l'ordre à Richard de marcher
pour la patrie, un incident avait permis que
seul l'avis paternel, c'est-à-dire la prière de ne
point quitter Rome, fût parvenue au jeune artiste du Monte-Pincio.

Jusqu'alors l'affection autant que le respect
avaient toujours maintenu Richard dans les
limites d'une obéissance passive qui avait fait
de lui le plus docile des fils.

La dernière lettre de Renaud était ainsi
conçue :

« Mon cher enfant, j'ai interrogé ma con-
» science encore plus que mon cœur : elle m'a
» confirmé dans ce que t'exprimait ma dernière
» lettre. Tu peux, tu dois rester à Rome. La
» dette du sang, nous la devons ensemble, je
» la paierai pour deux : mais rassure-toi, un
» secret pressentiment me dit que je n'ai rien à
» redouter. En tous cas, soyons forts ; puise
» dans ton âme vaillante, le courage d'accom-
» plir ce sacrifice éminent de rester loin du pays,
» lorsque l'invasion le désole ; dis-toi bien
» qu'en travaillant là-bas, tu sers aussi ta pa-
» trie. Lorsque le frère aîné marche sous les
» drapeaux, la loi n'en demande pas davan-
» tage à la famille tributaire, le frère aîné c'est
» moi ; tu es exonéré de tout service par ta
» qualité de prix de Rome, comprends bien la
» portée et le motif de cette exonération. Le
» législateur en la décrétant a compris que
» certains privilégiés par l'intelligence de-
» vaient représenter l'avenir moral du pays et
» se conserver, se consacrer entièrement, ex-
» clusivement à sa gloire. Travaille pour la

» France, mon fils, travaille et prie pour la
» patrie ! "

  » Ton père qui t'adore,

        » HENRI RENAUD. »

Richard avait deviné le contenu de cette lettre
même avant de l'ouvrir, car elle n'était que le
corollaire d'une lettre précédente dans laquelle
Renaud l'avait déjà conjuré de ne pas quitter
Rome, néanmoins une émotion des plus vives
s'empara de lui.

Des larmes coulèrent de ses yeux, car il avait
osé espérer un instant vaincre la résistance de
son père par les supplications qu'il lui avait
adressées en réponse à la première lettre de ce
dernier.

Les communications devaient être interrompues, et en effet depuis la veille Paris était
séparé du reste du monde : il fallait donc se résigner et courber la tête ou prendre un parti
extrême en s'affranchissant de toute obéissance pour n'écouter que sa patriotique ardeur.

Richard hésita pendant près d'un mois, espérant que la résistance désespérée des troupes

improvisées de tous les côtés réparerait bientôt le désastre de Sedan.

Hélas, les nouvelles fâcheuses succédaient aux dépêches inquiétantes; la valeur et le courage, le plus héroïque désespoir luttaient vainement contre une artillerie parfaite et une discipline implacable.

Un matin, après avoir passé dans une douloureuse insomnie une interminable nuit, Richard eut cette pensée :

— Mon père ne le saura pas.

Et le soir même il quittait Rome sous le nom d'un ami.

Stephano Barti était un jeune homme du même âge que Richard, qui avait fait son éducation à Paris.

Faisant partie par l'énorme fortune de son père qui était banquier, de la jeunesse dorée romaine, Stephano adorait les arts et les artistes, et s'était lié d'amitié avec les lauréats du Monte-Pincio, mais plus encore avec Richard Renaud qu'avec les autres.

Richard alla le trouver.

— Rendez-moi un service?

— Volontiers; lequel?

— Je veux partir.

— Quitter Rome?

— Aujourd'hui même.

— Pourquoi?

— Les nouvelles de France sont désastreuses.

— Hélas !

— Merci, Stephano ! Merci pour mon pays. Je veux m'y rendre, je veux me battre. Je ne vis plus ici ; ma conscience se révolte de mon inaction, il me semble que parfois elle me dit que je ne suis qu'un lâche.

— Toi ?

— Je te jure que non, mais un ordre de mon père m'a cloué ici. Pauvre père, il n'a écouté que son amour pour moi. J'en subis le joug jusqu'à présent, mais il m'est impossible de proclamer cette résignation qui me navre. Je veux me battre; mais afin que mon père l'ignore toujours, je veux rejoindre l'armée de la Loire sous un nom d'emprunt, et je viens te demander tes papiers, afin de n'éveiller aucun soupçon, de ne provoquer aucune enquête.

— Tu es un brave cœur! lui dit Barti. Voici

9

ce que tu me demandes. Va! et que Dieu te protége.

Richard prit les papiers que lui tendait le fils du banquier en lui disant :

— Merci, ami ! merci, frère !

Les deux jeunes gens tombèrent dans les bras l'un de l'autre.

— Je t'écrirai, reprit Richard ; je t'écrirai régulièrement. Si un mois se passait sans que tu aies de mes nouvelles, c'est que j'aurais été tué. Promets-moi, dans ce cas, de partir pour Paris, et d'aller apprendre toi-même à mon père la triste vérité. Tu l'y prépareras longuement d'abord ; car ma mort sera pour lui un coup terrible.

— Ta mort !

— Qui sait?

— Ne parle pas ainsi : tu vivras, sois-en sûr. Oh! l'horrible pensée! vais-je donc amèrement regretter ce que je viens de faire pour toi.

— Ne t'alarme pas, aucun sombre pressentiment ne m'assiége ; mais il faut tout prévoir. C'est la première fois que je désobéis à mon père : je puis en être puni.

— Je te jure sur l'honneur que tu dois chasser une telle crainte. Tu n'es pas coupable, tu es un vaillant et un bon fils. Au revoir !

Ils se quittèrent.

Huit jours après, Richard, sous le nom de Stephano Barli, arrivait à Tours.

Trois jours plus tard il était incorporé comme volontaire dans le corps du général Poitevin.

A la suite des mesures prises dans un conseil de guerre à Tours, dans la nuit du 14 au 15 octobre, conseil auquel assistaient l'amiral Fourichon et le général Bourbaki, récemment arrivé de Metz, le général d'Aurelle de Paladines venait d'arrêter la marche de l'ennemi par l'excellence des positions qu'il avait fait prendre à ses troupes, et il avait fondé immédiatement le camp de Sabris.

Le camp de Sabris, justement nommé par M. Charles de Freycinet l'école et le berceau de l'armée de la Loire, offrait en ce moment l'aspect le plus pittoresque.

On y travaillait avec ardeur et courage, espérant que Metz était invincible, mais ignorant que Paris pouvait tenir aussi longtemps qu'il le fit.

La mission multiple de l'armée de la Loire
consistait encore à reprendre Orléans, à protéger Tours, et à faire reculer la horde des envahisseurs.

Chacun sentait au camp qu'il fallait s'attendre à de grands événements et faire provision
de science, de courage et d'énergie.

Néanmoins la gaîté y régnait.

La plupart des soldats étaient jeunes et con-
fiants dans l'avenir, et souvent de francs éclats
de rire retentissaient dans les cercles que for-
maient les volontaires pendant les rares heures
dont la discipline leur laissait le loisir.

Un jour, au moment où Richard, c'est-à-dire
Stephano, car personne ne le connaissait au
camp sous son vrai nom, passait près d'un
groupe de volontaires qui semblaient être en
gaîté, ces mots arrivèrent à lui :

— Allons, Lambert, à toi !

— La légende ?

— Oui, oui, la légende.

— Qu'est-ce ? demanda un jeune soldat.

— La légende de l'horloger, une bonne histoire de Bonnichon sur les amateurs de pendules.

— Compris ! Qu'il la dise.

Et tous en chœur :

— La légende !

— Vous le voulez ? dit Lambert, car le volontaire auquel on s'adressait en ce moment n'était autre que le futur élève de Ferrand. Eh bien ! cric !

— Crac !

— Je commence !

— Silence dans les rangs !

— La légende de l'horloger, annonça Bonnichon, au milieu d'un profond silence.

Et il dit :

Il s'appelait Carl Von Tropcher et était le premier horloger de Berlin.

Vers 1869, l'ambition s'empara de lui.

Un matin, il s'était levé ayant pris une résolution grave.

— Depuis trop longtemps, s'était-il dit, nous sommes tributaires de l'industrie française : — notez que si Von Tropcher eût pensé en français, il eût dit : l'intistrie ; mais il pensait en allemand, et comme nous ne savons pas cette langue, il nous est impossible de rendre le ton muet du monologue de Von Tropcher.

D'unanimes bravos accueillirent cette boutade.

— Je veux, poursuivit Von Tropcher, établir une fabrique de bronze et me passer de Barbedienne et autres fabricants français. J'ai des idées, et je sens que je trouverai des sujets.

Aussitôt notre homme prit ses mesures en conséquence : dessinateurs, sculpteurs, fondeurs, tous les corps des métiers dont l'intervention lui était indispensable dans la fondation de sa fabrique furent convoqués.

On allait agir. Mais la guerre éclata !

Von Tropcher était de la landwehr.

Il avait cinq filles :

Catharina, Lisbeth, Maria, Johanna et Gretchen — la cadette — qui portait le même nom de baptême que madame Von Tropcher.

Il les avait mariées :

La première au brasseur Gaspar Salzenhausen ;

La seconde au tailleur Wilhelm Schaumacker ;

La troisième au bottier Walter Diech ;

La quatrième à l'épicier Fritz Neumann ;

La cinquième enfin au boucher Frantz Craner.

Les cinq gendres, qui étaient du même vil-

lage que Von Tropcher et qui, également, faisaient partie de la landwehr, partirent avec
lui pour le Rhin vers la fin d'août.

Quelques mois plus tard, au moment où les
débris de l'armée prussienne rentraient à Berlin, le major Stackenbertenfulten fut plus surpris encore que peiné de constater l'absence du
fusilier Von Tropcher.

Von Tropcher avait fait très-heureusement
toute la campagne, sans recevoir la moindre
égratignure; il avait regagné Berlin, entier,
bien portant, la chose était certaine : pourquoi
donc n'était-il pas là?

Nous allons le dire.

Dès qu'il reçut l'ordre de rejoindre son régi-
ment, Carl Von Tropcher, l'ambitieux horloger,
embrassa Gretchen, sa femme;

Le brasseur Gaspar Salzenhausen embrassa
Catherina;

Le tailleur Wilhelm Schaumacker embrassa
Lisbeth;

Le bottier Walter Diech embrassa Maria;

L'épicier Fritz Neumann embrassa Johanna;

Et le boucher Frantz Craner embrassa Gretchen, la dernière des filles de Von Tropcher.

Cela fait, les cinq gendres rejoignirent leur beau-père.

— *Mes chantres*, s'écria l'horloger, *les churnaux vranzais tisent qu'on grie : à Baris. A Perlin! Grions, nous : A Baris! et dâchons te bénétrer en Vrance qui est le bays des bendules.*

A Wissembourg, vers la fin du combat, Gaspar Salzenhausen fut embroché par la baïonnette d'un zouave qui le cloua contre un mur.

Von Tropcher était à vingt pas.

— *Grand Tieu!* s'écria-t-il, *baufre Caspar! j'en v'rai un sichet de bendule.*

A Gravelotte, Wilhelm Schaumacker tira son sabre contre un dragon, le fit tomber de son cheval, et se croyait vainqueur, lorsqu'un coup de revolver, tiré par un soldat français, l'étendit mort sur un affût brisé.

— *Grand Tieu!* s'écria Von Tropcher, *baufre Wilhelm! j'en v'rai un sichet de bendule.*

Le 1er septembre, à Sedan, la dernière balle française fut pour Walter Diech, le troisième gendre de Von Troncher.

Foudroyé par elle, il resta immobile, mais debout contre un arbre derrière lequel il s'abritait.

— *Grand Tieu!* s'écria une troisième fois Von Tropcher, *gué malhir! baufre Walter! j'en v'rai un sichet de bendule.*

A Orléans, Fritz Neumann eut le même sort funeste.

Le cinquième gendre, Frantz Craner, fut tué plus tard.

Et, pour Fritz comme pour Frantz, de même qu'il se l'était dit en voyant tomber ses trois premiers gendres, Von Tropcher, après avoir déploré leur perte, répéta :

— *J'en v'rai un sichet de bendule!*

Les troupes allemandes furent refoulées vers le Rhin.

Tout en regagnant au pas de course sa patrie, Von Tropcher songeait à ses compagnons, puis il pensa aux cinq veuves, à ses cinq filles.

Une idée lumineuse lui vint.

— *Tes cinq feufes*, dit-il, *je v'rai un bendule et teux gantélapres.*

C'était une sublime conception.

Von Tropcher revit Berlin et la rue où était sa maison.

C'était le soir.

Le magasin était fermé.

9.

Une pâle lueur filtrant à travers les volets, dénotait que Gretchen veillait encore.

Von Tropcher sonna.

Gretchen vint ouvrir.

— Toi, Carl ! s'écria-t-elle en allemand.

— Moi ! dit l'horloger.

Il embrassa sa femme et fit un pas en posant par terre la crosse de son fusil à aiguille. Vrai fusil d'horloger.

Un bruit de verre cassé se fit entendre.

—Tu as cassé un globe de pendule, expliqua Gretchen.

— On met donc les pendules par terre ?

— On les met où l'on peut.

Lorsque Gretchen eut été chercher de la lumière, un spectacle aussi étrange qu'inattendu s'offrit au fusilier Von Tropcher.

Son magasin regorgeait de pendules.

Il y en avait dans les montres, sur le comptoir, le long des murs, par terre, dans les coins, entassées comme l'on avait pu.

Et dans l'escalier, et dans les couloirs, et dans les chambres.

Il y en avait partout !

Et de toutes les formes, de tous les styles

de toutes les dimensions : pendules de salon, de boudoir, de chambre à coucher, de cabinet de travail ; en marbre, en bronze, en argent, en or ; rondes, ovales, carrées ; muettes, avec balancier visible et balancier caché, marquant les unes les heures, les minutes ; les autres les secondes aussi, et les jours, et tout ce que peut indiquer une pendule.

— Qu'est-ce que c'est que ça ? s'écria Von Tropcher.

Gretchen porta son mouchoir à ses yeux, et se mit à fondre en larmes.

Enfin, elle put parler :

— Ce sont nos pauvres gendres, dit-elle avec des larmes dans la voix, qui, au fur et à mesure qu'ils pénétraient en France, m'ont envoyé ces souvenirs sans vous le dire.

Von Tropcher ne répondit rien, et gagna son appartement.

— Il est aussi triste que moi, pensa Gretchen.

Le lendemain, lorsqu'elle monta pour avertir son mari que la choucroûte était sur la table, ce fut en vain qu'elle essaya d'ouvrir la porte de la chambre de l'horloger.

— Carl! Carl! ouvre-moi!

Pas de réponse.

— Mais ouvre-moi donc! reprit Gretchen.

Même silence.

Elle voulut regarder par le trou de la serrure.

Impossible, la clef bouchait le trou.

La porte était fermée en dedans.

Elle appela : « à l'aide, » en proie à une vaine terreur.

On accourut.

On enfonça la porte...

Horrible spectacle!

A la flèche du lit, pendu en balancier, se trouvait le corps inanimé de Von Tropcher, qui s'était lancé dans l'éternité avec une telle violence que son cadavre déjà presque entièrement froid, oscillait encore légèrement de gauche à droite et réciproquement.

Trois lignes étaient tracées sur un papier laissé en évidence :

« La profession d'horloger est à jamais perdue en Allemagne : je meurs!

» CARL VON TROPCHER. »

De chaleureux bravos accueillirent cette boutade, sorte de récit de la chambrée sous la tente,
qui prouvait que le rapin n'était pas dépourvu
d'une certaine imagination.

Richard s'était approché, et avait écouté avec
non moins d'attention et de plaisir que ses compagnons d'armes.

— Voulez-vous me permettre de vous serrer
la main, monsieur? dit-il au narrateur.

— Très-volontiers! répondit Lambert, en
prenant la main de Renaud dans sa main.

On se lie vite dans les camps.

Richard était très-réservé; mais Lambert lui
fut si sympathique, qu'il se sentit immédiatement attiré vers lui.

Les deux jeunes gens ne tardèrent pas à se
révéler qu'ils étaient artistes tous les deux.

Dès cet instant leur amitié naquit franche et
sincère.

Si nous avons volontairement négligé de dire
que Bonnichon avait fait partie de l'armée de
la Loire en racontant ce qui se rattachait à ses
débuts dans l'art, jusqu'au moment où Ferrand
avait consenti à l'admettre comme élève dans
son atelier de Chatou, c'est que nous avons craint

que l'histoire de Lambert, volontaire de la Loire, se mêlant à celle de Bonnichon, fils d'épicier et rapin malgré son père, nous entraînât à des digressions trop étendues.

Cela dit, revenons à l'armée du général d'Aurelles.

On pouvait mettre 95,000 hommes en ligne pour attaquer Orléans, où on ne comptait d'après les évaluations que 6,000 Prussiens.

Un conseil eut lieu le 24 octobre au quartier général, et on arrêta en principe le plan d'attaque.

Le 26, deux jours après, sur un plan apporté par le général Borel, on fixa les positions de tous les corps, et dès le lendemain les divisions du 15ᵉ et du 17ᵉ corps furent transportées, en passant par Tours, de Sabris à Blois et à Vendôme, par chemin de fer.

En même temps on feignait de se porter sur le Mans.

Par suite de retards involontaires, d'hésitations inexplicables et d'incidents déplorables, au premier desquels il faut ranger la capitulation de Metz, ce ne fut que le 9 novembre que ut livrée la bataille qui devait prendre dans l'histoire le nom de victoire de Coulmiers.

Entre cette localité et le bois de l'Hermitage sur la route qui va rejoindre, près d'Ormes, celle qui conduit à Orléans, la veille de ce jour glorieux pour la France, un cabriolet sortit d'une grille donnant sur une cour entourant une villa riante que l'été abritait par les arbres ombreux qui l'entouraient, squelettes dépouillés alors, et qui devait être du plus charmant aspect quelques semaines auparavant.

Dans ce cabriolet se trouvait un vieux monsieur et une jeune fille.

C'étaient Ferrand et Angèle.

Ils se rendaient à Orléans pour y requérir les moyens de transport nécessaires à leur déménagement; car tout le pays avait compris l'indubitabilité d'une attaque d'Orléans par l'armée du général d'Aurelles.

La pointe exécutée vers le Mans avait cependant fait croire que le projet était retardé.

Néanmoins, craignant pour Angèle et Marguerite, Ferrand avait résolu d'aller s'installer à Tours avec sa fille et sa nièce.

En laissant Marguerite à la villa qu'il habitait depuis plus de vingt ans, où la mère de celle qui devait devenir plus tard madame Renaud était morte, Ferrand l'avait confiée à la garde de Catherine, vigoureuse paysanne du Loiret, et à celle de Guillaume, son domestique.

Ce Guillaume exécrait les Prussiens, et dès que la nuit venait, il partait seul, le fusil sur l'épaule, pour aller se mettre en embuscade, afin de descendre quelque hulan, ainsi qu'il le disait, si le hasard lui en mettait un au bout de sa carabine.

Ferrand ignorait le noctambulisme belliqueux de Guillaume : aussi s'était-il éloigné avec sa fille en toute sécurité.

Or, la nuit qui suivit son départ, Guillaume ne revint pas.

Surpris par une avant-garde prussienne, il avait été fusillé, ayant été trouvé par elle au moment où il allait tuer, à la clarté de la lune, le chef qui la commandait.

Le lendemain, avertis de la marche des Français, les Prussiens se mirent également en mouvement.

Au milieu du jour, alors que Marguerite et Catherine, qui ignoraient encore le sort de Guillaume, cherchaient vainement à s'expliquer l'absence de ce dernier, des hulans pénétraient dans la villa Ferrand.

Dire la terreur de Marguerite est impossible.

Catherine faisait bonne contenance ; mais, comme, après s'être repus de tout ce que contenait la maison, les hulans voulurent encore qu'elle leur servît à boire et à manger, ce que Catherine refusa, redoutant que ces hommes, très-animés déjà, ne finissent par commettre tous les excès sous l'empire d'une ébriété complète ; ils la saisirent et la garrottèrent, puis, s'emparant des clefs de la cave, ils se disposaient à y descendre, lorsqu'ils se virent cernés par les tirailleurs des généraux Poitevin et Barry, qui pénétrèrent dans la cour de la villa en criant :

— Vive la France !

Richard était au premier rang des assaillants.

Alors se passa le fait raconté par Marguerite à son mari à la réception de la lettre de Stephano.

— Oh ! ciel ! une femme ! s'écria Richard en voyant apparaître Marguerite, pâle et tremblante, poussée par les hulans.

Et fasciné par la beauté de mademoiselle

d'Alber, tandis que ses compagnons hésitaient à continuer l'attaque, afin d'épargner Marguerite, pénétrant dans la villa par une croisée, sans réfléchir qu'un miracle seul pouvait le faire réussir dans ce qu'il allait tenter pour arracher la jeune fille à une mort certaine, au moment où les fusils des volontaires s'abaissaient sur l'ordre de leur chef, d'un bond il arriva à Marguerite, la saisit, et l'emporta sans que les Allemands surpris eussent eu le temps de lui opposer la moindre résistance.

Les forces de Marguerite étaient à bout.

Elle s'évanouit, et l'ayant déposée à l'écart sur un tertre de verdure, Richard se mêla au combat acharné qui eut pour résultat la fuite des hulans et la prise de la villa par les volontaires.

Vingt fois pendant une heure, Richard vit la mort en face, mais vingt fois il lui échappa miraculeusement, et comme protégé par une puissance inconnue.

Après la fuite des hulans, au lieu de suivre ses compagnons, il resta près de Marguerite, qui n'avait point encore repris connaissance, et que Catherine, délivrée par les volontaires, soignait déjà.

Aidé par elle, Richard ou plutôt Stephano, la transporta dans le salon de la villa, où il la déposa sur une chaise longue.

Pâle, les cheveux dénoués, étendant leurs longues et blondes tresses sur la robe de drap bleu clair dont elle était vêtue, Marguerite avait, dans le visage, et jusque dans son attitude, un caractère virginal si saisissant, que Richard s'agenouilla devant elle, rempli d'une pieuse admiration.

Il se persuada que si les balles des hulans avaient passé sans l'atteindre, il ne le devait qu'à cette belle et chaste vierge qu'il avait été assez heureux pour arracher à la mort.

Richard savoura pendant quelques instants la contemplation admirative de mademoiselle d'Alber, qui rouvrit enfin les yeux au moment où Catherine revenait avec un flacon de vinaigre.

Voyant que l'évanouissement de Marguerite avait cessé, elle se retira discrètement.

La vue de son sauveur rappela à mademoiselle d'Alber tout ce qui s'était passé. En quelques mots, Richard lui apprit la victoire des volontaires.

— Je vous dois la vie, lui dit Marguerite ;

dites-moi votre nom, monsieur, afin que je le mêle désormais à toutes mes prières.

C'était le volontaire et non l'élève de l'Ecole française qui avait sauvé Marguerite.

— Je me nomme Stephano, répondit Richard ; et ce que vous venez de me dire me paie au delà de toutes mes espérances, le service que j'ai été assez heureux de pouvoir vous rendre. Puis-je, à mon tour, vous demander votre nom, mademoiselle ?

— On m'appelle Marguerite, dit-elle.

Et Richard fut satisfait, Marguerite lui sembla être un nom adorable.

— Vous n'êtes pas Français ? répéta la jeune fille.

Richard hésita un moment.

Mais il s'était fait un serment ; il le tint.

— Non, dit-il, je suis né à Florence.

— Et vous vous battez pour nous ?

— J'aime la France, j'ai fait mon éducation à Paris. Mais comment étiez-vous seule ici au moment où les hulans sont arrivés ?

— J'habite cette villa avec mon oncle, M. Ferrand et sa fille.

— Ferrand, le peintre ?

— Oui, monsieur.

— Oh! je n'ignore pas que M. Ferrand est
un peintre célèbre. J'ai vu et admiré souvent
ses ouvrages.

— Il est mon tuteur, je suis orpheline, c'est
lui qui m'a élevée. Si j'avais été tuée, il en
serait mort de chagrin: je vous sais gré de
m'avoir sauvée, autant pour lui et pour Au-
gèle que pour moi-même. Tous deux m'ont
quittée ce matin pour aller à Orléans, sans soupçonner la possibilité de l'événement qui s'est
accompli en ces lieux. Guillaume, notre domestique, n'a pas reparu. J'étais seule avec Catherine, lorsque les hulans m'ont surprise.

Richard écoutait Marguerite avec une attention extrême.

Pour la première fois, la voix d'une femme
produisait sur lui une émotion qu'il ne cherchait nullement à dominer.

— Je suis votre frère, dit-il d'une voix
tremblante; j'ai été assez heureux pour vous
arracher à ces tigres qui n'avaient point craint
de mettre vos jours en péril; mais ma tâche
n'est pas encore finie, laissez-moi l'accomplir
jusqu'au bout, c'est-à-dire accordez-moi la

permission de veiller sur vous, car je ne pourrais, sans vous exposer encore, vous faire gagner Orléans, tant que les hulans occuperont la plaine, et je ne puis vous laisser seule ici, exposée à une nouvelle attaque.

— J'accepte avec reconnaissance, monsieur.

— Merci, oh ! merci, mademoiselle Marguerite !

Dès cet instant, les heures s'écoulèrent rapides pour les deux jeunes gens. Auprès de Marguerite, Richard sentit un véritable éblouissement envahir son âme.

Le mystère des riens gigantesques qui sont les mondes du cœur se dévoila pour lui ; il comprit, en contemplant la pure et sereine créature vers laquelle le hasard l'avait envoyé, qu'en dehors de tout ce qu'il avait éprouvé de doux et de noble jusque-là, un sentiment plus grand, plus puissant que tous les autres existait, et se sentant plein de fougue, de respect et d'affection, sous l'empire de cette sensation nouvelle, en enfouit chaque adoration dans son cœur, aussi profondément qu'un lapidaire creuse la pierre dure, pour y graver un chiffre ou un blason.

Les façons de Richard avaient, de prime abord révélé à mademoiselle d'Alber que celui à qui elle devait la vie, et qui, avant de lui avoir adressé un seul mot, sans la connaître, sans même savoir son nom, s'était posé en héros vis-à-vis d'elle, appartenait à la classe élevée de la société.

En peu de mots, Marguerite raconta son histoire.

Cette histoire était fort simple.

Orpheline dès l'âge de cinq ans, elle avait été recueillie par madame Ferrand, qui était la sœur de sa mère, et lorsque, trois ans après, la femme du peintre à son tour était morte, celui-ci avait gardé Marguerite auprès de lui; car il l'aimait comme sa propre fille.

Il ressortait des détails que mademoiselle d'Alber avait donnés à Richard, que celle-ci n'avait jamais dû aimer d'amour personne; et, du reste, son regard de vierge le disait assez pour qu'on ne pût avoir à cet égard le moindre doute.

L'exquise pureté de la jeune fille paracheva l'enivrement qui s'était emparé de Richard, et il comprit que celle qu'il avait devant lui devait réaliser tous ses rêves de bonheur, et était enfin cette femme, soupçonnée sans être encore attendue, dont parfois il maudissait l'absence sans cependant se mettre à sa recherche ni rien tenter pour la découvrir.

Richard possédait un esprit distingué, une imagination vive. Il sut les mettre en évidence, et réalisa cette tâche si difficile pour un amoureux, avec un si réel bonheur, que Marguerite ne chercha nullement à lui cacher la vive sympathie qui vint, en s'éveillant brusquement en elle, changer sa reconnaissance en un sentiment plus doux.

Plus d'une femme moins naïve et moins innocente que mademoiselle d'Alber eût été prise d'un sentiment semblable pour le jeune Renaud en se trouvant, vis-à-vis de lui, dans la situation où était Marguerite.

Après avoir vu la mort de si près, qu'elle considérait encore comme un miracle la réussite de l'accomplissement du projet héroïque que Richard avait réalisé pour la sauver, elle avait senti, dès cet instant, que sa vie était moralement engagée à payer son sauveur. Or, loin de devoir lui faire regretter de se trouver ainsi liée envers lui, Richard Renaud était fait au contraire pour amener Marguerite à considérer comme un bonheur véritable tout ce qui s'était passé depuis le matin.

Et pourtant Richard, ému, transporté, enivré par la grâce chaste de Marguerite, n'osait rien lui demander, mais l'enveloppait tellement de ses éloquents regards, qu'il semblait à mademoiselle d'Alber qu'il lisait au plus profond de son cœur.

Depuis que Marguerite avait repris ses sens, la conversation n'avait point tari entre elle et Richard.

Le faux Stephano, répondant à la marque de confiance que lui avait donnée mademoiselle d'Alber en lui racontant sa vie, lui avait également raconté la sienne sans altérer la vérité, lui disant son amour filial, lui parlant de son père avec enthousiasme et sincérité, ne lui cachant rien enfin, si ce n'est que ce père s'appelait Renaud, habitait la France et non l'Italie, et que lui n'était pas Florentin ainsi qu'il le lui avait dit d'abord, mais faisait partie des élèves de l'École française à Rome.

Les grands sentiments ne sont accessibles qu'aux natures d'élite.

10

En montrant son adoration filiale, Richard faisait comprendre à Marguerite qu'il saurait aimer d'amour avec autant de ferveur que d'élan.

Sa nature ardente se dévoilait, attendrie et surexcitée à la fois par la beauté de la jeune fille, ainsi que par les événements qui venaient de s'accomplir, et cet état moral donnait à ses paroles une éloquence qui captivait Marguerite et la jetait dans des idées qui jusqu'alors ne lui étaient jamais venues.

Pour la première fois mademoiselle d'Alber rêvait et possédait l'intuition des choses douces qu'elle n'aurait pu expliquer, mais dont l'existence lui paraissait certaine.

Son émotion enhardit Richard.

— Oh! oui! dit-il en terminant, j'aime mon père, et mon rêve le plus doux est de vivre auprès de lui avec celle qui consentira un jour à devenir ma femme. Mon père l'aimera aussi comme sa propre enfant, si elle lui montre qu'elle me paye de retour, et je n'épouserai jamais qu'une jeune fille qui m'aura prouvé qu'elle me donne sa main parce qu'elle sent que je suis capable de l'aimer, comme elle désire de l'être, en répondant largement à sa tendresse et à son affection.

Puis enveloppant Marguerite dans un long regard humide :

— Celle-là, continua-t-il, je la voudrais blonde, avec des yeux purs et doux, simple et confiante, loyale et sincère, ainsi que vous, mademoiselle.

Il avait pris la main de la jeune fille, qui ne songeait pas à la retirer et l'écoutait alors que déjà il avait cessé de parler.

— Eh bien ? ajouta tout bas Richard.

— Monsieur Stephano ! murmura Marguerite.

Leurs yeux se rencontrèrent, leurs regards se confondirent, leurs cœurs battirent à l'unisson.

— Mon Dieu, s'écria Richard, je voudrais parler, et je n'ose ! Je vous ai sauvé la vie, eh bien ! oubliez-le !

— Oh ! jamais !

— Vous ne m'avez donc pas compris ?

— Que voulez-vous dire ?

— Mademoiselle Marguerite, je n'ai jamais aimé, mais depuis une heure, je sens que je vous adorerai toute la vie ? Ne cédez pas à la reconnaissance, je vous en conjure : mon cœur

exigeant ne peut admettre dans l'amour qu'il
rêve un autre sentiment que cet amour même,
et dites-moi loyalement, franchement, si je
dois fuir, ou s'il m'est permis d'espérer que
Dieu ne m'a mis aujourd'hui sur votre route
que parce qu'il nous a fait naître l'un pour
l'autre ?

— Je n'ai jamais menti, monsieur Stephano ;
je vous jure que, si vous le voulez, je deviendrai votre femme.

— Qu'entends-je ? Ah ! pour la première fois
j'ai peur de mourir ! s'écria Richard en tombant
à genoux et en déposant un ardent baiser sur la
main de mademoiselle d'Alber.

La nuit vint.

Qu'avaient encore à se dire Marguerite et
Richard?

Rien.

L'amour une fois exprimé a cela de sublime,
c'est qu'il contient en lui le dernier mot de sa
préface et la dernière syllabe de son épilogue.

Attirés par sa suprême influence, qu'auraient-
ils pu ajouter par les paroles au divin roman
si promptement rempli par eux, et qui, commencé par un drame, sous l'influence d'une sym-

pathic mutuelle et immédiate, s'était transformé en la plus chaste des idylles?

Richard savourait sa joie.

Marguerite méditait sa promesse.

Tous deux, diversement préoccupés, laissaient franchir à leur âme et à leur esprit ces sphères lumineuses que n'ont jamais entrevues que les privilégiés sincères de l'amour et de la passion.

Un sentiment qui renfermait autant de respect que de délicatesse s'empara du cœur de Richard.

La nuit pouvait donner aux hulans la pensée de revenir à la villa Ferrand en plus grand nombre qu'ils ne l'avaient quittée.

Que de dangers alors pour mademoiselle d'Alber!

Le devoir de Richard était de la soustraire à cette brutale et menaçante surprise.

Puis, ayant avoué son amour à Marguerite, pouvait-il passer sous le même toit qu'elle les heures sombres, peuplées de tous les fantômes des ténèbres, propices à la lâcheté, aux embûches et aux pièges, sans manquer de ferveur au chaste culte dont son amour sincère lui faisait

10.

entourer désormais tout ce qui se rattachait à la jeune fille?

Non.

Mû par cette pensée respectueuse, Richard se leva :

— Adieu! dit-il.

— Eh! quoi, vous me quittez?

— Non pas; mais je m'éloigne.

— Pourquoi? demanda naïvement Marguerite.

— Il le faut. Le même toit ne peut nous abriter. Allez vous reposer; moi, je veillerai près de cette demeure, en vigilante sentinelle, sur vous qui, dès à présent, êtes avec mon père, ce que j'ai de plus cher au monde.

Disant ces mots, Richard prit son fusil, et tendant sa main à Marguerite :

— Adieu! ajouta-t-il, ou plutôt au revoir.

Mademoiselle d'Alber, reconnaissante et émue, reprit la main qu'il lui tendait, et ne lui répondit que ces mots :

— A demain!

Quelques secondes après, Richard avait disparu, et la crosse de son fusil retentissait sur les dalles de marbre qui bordaient l'escalier de la villa et s'étendaient jusqu'à la grille.

Restée seule, Marguerite se remémora les événements du jour, sans terreur et avec délices.

Tout ce qui avait précédé l'instant où, après s'être évanouie, elle avait repris ses sens et retrouvé Stephano à ses genoux, disparut de sa mémoire, pour faire place au souvenir des courtes heures qui avaient succédé à ce moment fatal.

Ce que lui avait raconté Richard, ce qu'elle-même lui avait dit de sa vie, confidences charmantes par leur sincérité et leur loyal abandon, repassa dans son esprit.

Et enfin, se rappelant la solennelle promesse qu'elle avait faite à Stephano, Marguerite en mesura toutes les conséquences sans frayeur et comme le rêve béni d'un avenir heureux et sans nuages.

Le silence régnait autour de la villa.

Le combat du matin lui avait donné un aspect désolé qui devait, dans son désordre même, exercer une influence sérieuse sur les idées de Marguerite.

La mort avait passé là.

Les meubles étaient brisés.

Certains objets aimés étaient réduits en poussière.

Tout ce qui, la veille, faisait sa joie, était détruit ou avait changé d'aspect; car des taches de sang souillaient jusqu'à une tapisserie qu'elle avait commencée.

Marguerite jeta un triste regard sur l'ensemble de cette demeure désolée, et, prenant un flambeau, gagna son appartement à pas comptés.

Quelques coups de feu lointains retentissaient de temps en temps dans la plaine, manifestant la présence des hulans et la résistance des volontaires.

A chaque détonation, Marguerite faisait un signe de croix en adressant des vœux au ciel pour celui qui veillait sur son salut.

Pendant que mademoiselle d'Alber attendait la fin de la nuit, livrée à toutes les angoisses que nous venons d'essayer de décrire, Richard, le fusil sur l'épaule, l'ivresse au cœur, la cigarette aux lèvres et les yeux fixés sur la croisée de la chambre de la jeune fille, sans songer aux dangers qui pouvaient le menacer, accomplissait sa tache de protecteur avec une joie sans égale.

Désormais, il avait un but dans la vie.

En une journée, l'indifférent de la veille s'était transformé en amant tendre et sincère, et la profonde science de l'amour s'était dévoilée à lui dans les yeux de Marguerite; l'éblouissant et élargissant son âme en raison de la grandeur même du sentiment nouveau qui y était éclos.

Richard constatait avec ravissement la transformation morale qui s'opérait en lui.

Repassant un à un tous les faits de cette journée, depuis l'instant où il avait sauvé la vie à Marguerite jusqu'au moment où, après lui avoir serré la main, il l'avait vue s'éloigner lentement, comme la fin d'un rêve qui disparaît dans les prosaïques ténèbres du réveil, il laissa son esprit retracer à son cœur jusqu'au moindre incident qui s'était accompli depuis quelques heures, et, tantôt joyeux, tantôt attendri, créa dans sa mémoire une place éternelle à celle qu'il aimait.

Le temps était moins mauvais que la veille, cependant d'épais nuages enveloppaient l'horizon; mais, comme si Dieu, pour complaire à Richard, eût voulu cette nuit-là couvrir d'un dôme splendide la demeure qui abritait Marguerite, une éclaircie dans le ciel bleu, parsemé de diamants, dominait la villa, et suspendait au-dessus d'elle, dans l'espace immense, une myriade de lumineuses étoiles.

Richard remarqua cette particularité, et adressant aux astres une allocution que seule l'imagination d'un amoureux pouvait concevoir :

— Etoiles divines ! dit-il. Et vous aussi, vous la protégez donc? Vous aussi, filles du grand soleil, sœurs des mondes, gigantesques parcelles de l'incommensurable univers, vous veillez sur elle, sur cet ange blond, pur comme votre lumière, chaste comme ses rayons ! Soyez bénies par moi, étoiles de Dieu, feux éternels de son ciel, et brillez jusqu'à l'aube, dans votre royaume céleste et sans bornes !

Et laissant s'égarer son esprit dans ces pensées, il reporta ses yeux sur la lumière qui, brillant à l'intérieur de la villa, lui indiquait l'appartement de la jeune fille.

Un bruit de pas lointain attira son attention.

Richard se mit sur le *qui-vive*.

Ce bruit annonçait-il l'approche des ennemis

ou de ses compagnons? C'est ce qu'il fallait savoir.

Il jeta un dernier regard sur la croisée de la chambre de Marguerite, et marcha vers l'endroit d'où partaient ces pas inconnus.

En ce moment, la lumière qui éclairait l'intérieur de la villa disparut.

Succombant à la fatigue et aux émotions de la journée, mademoiselle d'Alber venait de céder au sommeil et sa lampe s'était éteinte.

En voyant la fenêtre de Marguerite plongée tout à coup dans l'obscurité, un fatal pressentiment envahit le cœur de Richard, sans qu'il pût en définir la cause.

D'ailleurs, aucune réflexion ne lui était rationnellement permise en cet instant, car les pas qui avaient éveillé son attention se rapprochaient sensiblement.

Ceux dont ils annonçaient la venue, plongés dans les ténèbres, ne pouvaient être aperçus par lui, tandis qu'ils devaient parfaitement distinguer la silhouette de Richard, au milieu de la zone de lumière dans laquelle celui-ci marchait.

Plusieurs coups de fusil retentirent en même temps.

Richard s'arrêta, étendit les bras, lâcha son fusil, et, après avoir tourné sur lui-même comme un homme ivre ou pris de vertige, s'affaissa sur le chemin en murmurant :

— Oh ! mon père !... oh ! Marguerite !

Il avait reçu deux balles prussiennes en pleine poitrine.

La suite de ce récit fera connaître comment, malgré ces deux blessures, Richard avait été rappelé à la vie et était revenu quelques mois après à Chatou, comptant sur le serment de mademoiselle d'Alber et ne doutant pas qu'elle ne devînt sa femme.

Rejoignons Marguerite, et pénétrons dans sa chambre quelques minutes avant que Richard, atteint de deux coups de feu, ne fût tombé à quelques pas de la villa.

L'obscurité y règne ; mais, à travers les vitres de la croisée, un pâle rayon de la lune argentée éclaire la jeune fille mollement étendue, tout habillée, sur son lit.

Son sommeil est agité. Un rêve pénible l'obsède et l'oppresse ; pourtant, tandis que son sein se soulève avec effort, sa physionomie, légèrement contractée, s'illumine parfois d'un ineffable sourire !

Un souvenir terrible a commencé ce songe dramatique et radieux à la fois.

Marguerite a revu les Prussiens; ils se précipitent dans la villa, s'emparent d'elle malgré ses cris, et l'entraînent. En vain, Ferrand et Angèle, qu'elle revoit aussi, les supplient : ils sont inexorables. Le danger augmente; elle ferme les yeux et attend la_ mort... Mais elle ne vient pas cette mort terrible, et, sans rouvrir les paupières, Marguerite aperçoit un être étrange, charmant et fort, qui la prend dans ses bras et l'enlève du sol.

Les coups de feu retentissent; mais rien n'arrête la course vertigineuse qui les entraîne tous les deux; ils planent dans l'espace.

Celui qui la préserve ainsi, c'est Stephano; mais Stephano transfiguré par les illusions du sommeil, avec des ailes d'ange et des paroles si douces, que leur murmure arrive aux oreilles de Marguerite comme les accents lointains d'un magique concert; Stephano lui parlant art, affection, l'appelant sa femme, et tâchant, en l'enveloppant tout entière, de lui dérober le plus affreux des spectacles, car des fantômes les ont saisis dans cette ascension bizarre, figures

11

menaçantes, sanglantes et sinistres, hurlant
des cris de mort et cherchant encore, mais vainement, à arracher des bras de son sauveur
celle qu'il transporte au milieu des étoiles.

Tout à coup, le bruit éveille la jeune fille.

Elle lève les yeux et tressaille.

Qui vient de l'arracher au sommeil ?

Elle quitte son lit aux blancs rideaux, et s'approche de la fenêtre.

L'aube naît ; dans le lointain, les premiers
rayons de l'aurore, perçant la vapeur de la
rosée qui monte vers le ciel, donnent au paysage
en l'éclairant légèrement, une teinte fantas-
tique.

Quelques feux lointains se distinguent dans
cette brume qui embrasse tout ce que peuvent
découvrir les yeux de Marguerite.

Le silence est complet au dehors, et ce silence glace le sang de mademoiselle d'Alber et
lui fait froid au cœur.

Elle se décide, et descend au rez-de-chaussée,
puis gagne le jardin.

En vain elle y cherche son protecteur de la
veille, et tandis que la lumière matinale du
jour lui permet de constater que non-seulement

Stephano n'est point dans le jardin, mais qu'il a quitté la villa, la terreur de Marguerite redouble.

Elle tremble, et il lui semble que ce n'est pas pour elle, mais pour Stephano.

S'il n'est plus là, c'est qu'il lui est arrivé malheur.

Il faut, à tout prix, qu'elle sorte de ce doute affreux.

Descendant la colline qui mène à la grille du jardin, elle atteint la route, et appelle :

— Monsieur Stephano ! monsieur Stephano !

Ce cri n'éveille aucun écho, ne provoque aucune réponse.

Marguerite marche toujours.

Tout à coup elle tressaille.

Une masse bleue, inerte, dominant la surface du chemin, a frappé ses regards.

Elle s'avance, s'avance encore, et reste terrifiée en poussant un cri terrible :

— Ah ! lui ! lui blessé !...

Et, saisissant la tête pâle de Richard, elle la soulève dans ses bras et le conjure de lui répondre.

C'est en vain qu'elle supplie : les yeux ouverts du jeune homme sont sans regards, ses lèvres pâles sont muettes, sa main est froide.

— Mort ! mort pour moi ! s'écria Marguerite en embrassant le visage de Richard d'un regard de terreur. Oh non, c'est impossible ! monsieur Stephano ! monsieur Stephano !... Rien !... O mon Dieu ! pauvre jeune homme !... C'est donc vrai, bien vrai, il n'est plus !

Sa terreur redouble. C'est la première fois que la vue d'un cadavre frappe ses regards ; elle ne peut supporter plus longtemps ce navrant spectacle et, folle, éperdue, cédant à une impulsion invincible, elle regagne, terrifiée, le jardin, et rentre à la villa.

La chrétienne alors se révèle.

Marguerite s'agenouille, et, les yeux baignés de larmes, elle adresse à Dieu cette fervente prière :

— Seigneur ! vous qui l'avez rappelé à vous, vous qui l'avez enlevé à ma reconnaissance, accueillez-le comme un héros et comme un martyr ; qu'au sein de votre royaume éblouissant il goûte les joies célestes que vous promettez à vos élus, et permettez à ma prière de parvenir à lui, afin de lui prouver que celle qui lui doit la vie n'est point une ingrate, car elle conservera toujours, au plus profond de son cœur, son cher souvenir !

Les sanglots de Marguerite la forcent à terminer cette fervente protestation de sa douleur et de sa reconnaissance, et, sous l'empire d'une indescriptible émotion, elle s'affaisse sur elle-même et demeure muette, immobile, sans voix et sans force, étendue près du canapé sur lequel elle s'était appuyée pour prier.

Combien de temps dura cette sorte d'anéantissement qui s'empara ainsi de mademoiselle d'Alber? Elle ne le sut jamais.

Le retour du peintre et d'Angèle la rappela à elle-même.

Exprimer la joie de Ferrand et celle de sa fille de retrouver Marguerite vivante serait impossible.

Cette joie fut même si vive, que mademoiselle d'Alber leur cacha d'abord l'immense danger qu'elle avait couru, et ne raconta dans tous ses détails, à Angèle, ce qui s'était passé, ainsi que l'intervention de Stephano et la mort de ce dernier, que quelques jours après leur retour.

La résolution du peintre de s'éloigner du
théâtre de la guerre avait été immédiatement
prise car il n'eût voulu, pour rien au monde,
exposer sa fille et sa pupille à de nouveaux
dangers.

Angèle et lui commencèrent les préparatifs
de départ. Marguerite regagna la route afin d'a-
dresser à Stephano un dernier adieu, mais, à
la grande stupéfaction de la jeune fille, le cadavre de son malheureux protecteur avait disparu.

Un espoir traversa le cœur de mademoiselle
d'Alber, mais cet espoir fut de courte durée.

A quelque distance, des soldats français enterraient un des leurs. Alors, convaincue du
malheur irréparable qui venait de l'atteindre,
Marguerite s'agenouilla pieusement sur cette
terre fraîchement remuée et se recueillit un moment dans une invocation mentale qu'elle ter-
mina par ces paroles mêlées de sanglots :

— Adieu, adieu, mon sauveur! adieu Stephano, adieu pour jamais !

VIII

Le temps, sans bannir complétement du cœur
de la jeune fille le souvenir de Stephano, ainsi
que l'a démontré le commencement de ce récit,
l'avait amoindri, et lorsque Ferrand avait fait,
quelques mois après, la connaissance de Renaud et était devenu son locataire, mademoiselle d'Alber ne conservait, dans sa mémoire,
du sanglant épisode qui avait précédé l'abandon
de la villa, qu'une impression assez vive encore,
il est vrai, mais qui n'était ni le regret éternel
d'un amour perdu, ni le morne désespoir de la
disparition d'un être indispensable.

La reconnaissance qu'avait vouée Marguerite
au souvenir de Stephano était d'une austère piété;
mais l'amour qu'il avait fait naître en elle pen-

dant les courtes heures qu'ils avaient passées
en tête-à-tête n'avait pas eu le temps de laisser
germer de profondes racines dans son cœur.

Néanmoins, l'engagement qu'elle avait pris
d'être sa femme, par un scrupule, outré sans
doute, mais digne d'un cœur aussi noble que
le sien, l'avait fait hésiter à accueillir les hom-
mages de Renaud et il avait fallu, on se le rappelle, pour qu'elle y consentît, qu'Angèle lui
démontrât l'exagération d'une délicatesse qui
l'entraînait fatalement à un célibat irrationnel
et inutile.

La lettre inattendue qui apprenait à Marguerite
l'existence de Stephano, qu'elle croyait mort, lettre exprimant l'espoir qu'il avait gardé de la voir
devenir sa femme, n'avait produit sur madame
Renaud qu'un effet médiocre en comparaison du
bouleversement extrême qu'elle ressentit en
revoyant d'abord celui qui l'avait protégée, et
en apprenant ensuite qu'il était le fils de son
mari.

De son côté, Richard dut appeler à lui tout son
courage pour refouler au plus profond de son
cœur l'immense désespoir qui s'empara de lui
en voyant l'amour de la seule femme qu'il eût

jamais aimée jusque là non-seulement impossible, mais transformé en un crime horrible,
s'il ne parvenait pas à l'étouffer immédiatement.

Après plusieurs mois de recherches stériles,
il avait découvert enfin les traces de celle à qui il
songeait constamment depuis qu'il l'avait sauvée
et dont le souvenir et la chère promesse avaient
calmé toutes ses souffrances sur son lit de douleur.

Aussitôt il était parti, et son désir de revoir Marguerite avait été si grand, qu'avant
même d'embrasser son père, il s'était présenté
au chalet du peintre.

En apprenant l'installation de celle qu'il aimait dans cette propriété, Richard avait considéré comme certain l'accomplissement de tous
ses rêves, car il était à cent lieues de la fatale
vérité, dont la révélation devait le plonger
dans le plus grand et le plus irrémédiable désespoir, et sa joie avait été si vive en arrivant
qu'il ne l'avait point laissé éclater devant Renaud, afin de ne point froisser ce père si bon et
si aimant.

Le hasard semblait favoriser tous les pro-

jets de Richard, qui s'était dit d'abord que, de
même que le hasard l'avait conduit à la villa
pour sauver Marguerite, il l'avait guidée également vers le chalet de son père, afin d'assurer
et de hâter leur éternelle union.

C'est sous l'influence de cette chère croyance
qu'il avait franchi le perron de la maison de
campagne de l'architecte, où, à son grand étonnement, il avait vu Lambert; et cette influence
avait été si forte, qu'il n'avait point songé à
aborder Bonnichon pour lui demander par
quelle suite d'événements inattendus il le retrouvait là.

Il y a des jours où la joie inonde le cœur
comme un soleil d'été illumine un riant paysage: ces jours-là, tout est expansion, tout est
lumière; l'horizon semble s'agrandir et on a
soif de tendresse et besoin de se trouver près
de ceux que l'on aime.

Désireux d'embrasser son père le plus tôt
possible, Richard avait remis à plus tard le
soin d'apprendre de son ami les circonstances
qui l'avaient également amené à Chatou.

L'entrevue de Renaud et de Richard n'avait
point été assez longue pour que celui-ci pût parler

de son amour, ni même de l'heureux voisinage de celle qu'il aimait, qui, à ce qu'il croyait, habitait avec Ferrand le chalet voisin.

Aussi fut-il véritablement foudroyé lorsqu'il apprit que sa belle-mère n'était autre que Marguerite, et, malgré toute la puissance qu'il avait sur lui-même se serait-il trahi, si l'arrivée de Ferrand et d'Angèle n'était venue opérer une diversion qui lui permettait de se recueillir.

L'émotion de madame Renaud n'était pas moins vive.

Le regard que lui avait adressé Richard, en lui annonçant à voix basse son prochain départ, contenait une expression de reproches mélangée d'une si navrante tristesse, qu'il pénétra jusqu'au fond de l'âme de la jeune femme qui, tremblante, saisit la main d'Angèle dès qu'elle l'aperçut et l'entraîna dans sa chambre.

Mademoiselle Ferrand suivit sa cousine sans manifester la moindre surprise, et elle attribua la pâleur de la jeune femme à une tout autre cause que celle qui l'occasionnait réellement.

— Eh bien, as-tu tout avoué à ton mari ? demanda-t-elle.

— Oui ! répondit Marguerite d'une voix sourde.

— Et comment a-t-il accueilli ta terrible confidence ?

— En homme de cœur.

— J'en étais sûre. Tu es bien pâle pourtant.

Il est des secrets qu'on voudrait pouvoir soi-même oublier.

Révéler à Angèle, malgré toute l'affection qui les unissait, que Richard, le fils de son mari, n'était autre que l'homme à qui elle avait juré d'appartenir, sembla impossible à madame Renaud.

Elle fit un effort afin de vaincre la vive émotion qui s'emparait d'elle, et dit à sa cousine :

— Tu sais à quel point je suis impressionnable !

Puis, brisée, en proie à une vague frayeur, elle fondit en larmes.

— Pauvre chère aimée ! reprit mademoiselle Ferrand, du courage ! Je t'ai donné un bon conseil, sois-en certaine et tu as bien fait de le suivre ; mais par grâce sèche tes pleurs, car chacune de tes larmes me semble être un reproche.

Madame Renaud ne répondit pas.

— Je ne te comprends plus, continua Angèle en lui prenant la main. Tu devais cet aveu à ton mari et sois persuadée qu'il t'aime encore plus maintenant que tu n'as plus rien à lui cacher. Seulement, pourquoi ce matin avant de tout lui dire, dans l'allusion que tu as faite à ta situation, es-tu allée au delà de la vérité, en annonçant la résurrection du héros du petit roman si bien inventé par toi pour les besoins de ta cause ?

Marguerite releva la tête.

— Tu ne sais donc rien ? s'écria-t-elle.

— Que veux-tu que je sache ?

— Stephano n'est pas mort !

— Que me dis-tu ?

— La vérité. Cette lettre que tu m'as envoyée ce matin était de lui et m'annonçait son retour en m'apprenant qu'il ne m'a pas oubliée et qu'il ne doute point que je deviendrai sa femme.

— As-tu dit cela à ton mari ?

— Oui.

— Et comment a-t-il accueilli cette seconde partie de ta confidence ?

— En me rassurant sur les conséquences que

pourrait avoir le retour de celui que je croyais
mort.

— Ton mari a eu raison. Ah! il revient, ce
M. Stephano...

— Angèle!...

— Ah! il revient! répéta mademoiselle Ferrand en poursuivant. Eh bien! je me charge
de lui parler et de lui faire entendre raison. —
« Monsieur, lui dirais-je, si Marguerite est
mariée, ne vous en prenez qu'à vous; on ne
trompe pas les gens ainsi, en se faisant enterrer pendant près d'une année, pour revenir dire
après à celle qu'on aime : « Me voici, à quand
la noce? » On vous a aimé, on vous a pleuré,
même on a conservé, comme un bel oiseau bleu
empaillé votre souvenir dans son cœur; mais
sainte Catherine a déjà trop de modistes et
nous ne voulions pas la coiffer. Retournez d'où
vous venez, conservez-nous votre estime, ma-
riez-vous vite et soyez heureux. Adieu! »

Le visage de madame Renaud resta pensif
et grave, malgré la riante boutade de son es-
piègle cousine.

— Mais que crains-tu, ma chère Marguerite? fit
Angèle, en quittant le ton enjoué qu'elle venait

de prendre. As-tu manqué de loyauté ? pouvais-
tu mourir vieille fille ? Et d'ailleurs, ton mariage n'a-t-il pas mis, entre ce jeune homme et
toi, une barrière infranchissable, éternelle ?

— Éternelle, oh ! oui !

— Eh bien, attends les événements, et forte
de ta conscience, forte de l'affection de ton mari,
de celle de mon père, de la mienne, ne redoute
point l'avenir.

Au fur et à mesure qu'Angèle parlait, Marguerite avait repris un peu de calme, ce qui lui
avait permis d'examiner la situation terrible
dans laquelle elle se trouvait, avec un sang-
froid qui, depuis l'apparition de Richard, lui
avait complétement fait défaut.

Convaincue qu'elle ne pouvait en rien modifier la portée des faits accomplis, elle puisa
dans leur gravité même la force de se contraindre, pour que rien ne pût faire deviner à Henri
l'horrible et poignante vérité, et prenant la
tête de sa cousine dans ses mains, l'embrassa
au front, tâcha de faire disparaître la trace de
ses pleurs et commença sa toilette.

Au moment où Angèle avait quitté le salon
entraînée par la jeune femme, Richard y était

resté en compagnie de Ferrand et de l'architecte.

— Je sais le retour de votre fils, Renaud, et j'accours pour faire sa connaissance, fit le peintre en tendant au jeune homme sa main franche et loyale.

— Monsieur Ferrand, l'oncle de Marguerite Richard!... dit Renaud en présentant l'un à l'autre les deux hommes,

Celui-ci, sans parler, prit la main du peintre et la serra cordialement.

— Vous revenez donc du pays des arts, jeune homme? reprit le tuteur de madame Renaud en examinant Richard d'un œil paternel.

— Oui, monsieur, répondit ce dernier d'une voix légèrement altérée.

— Mais qu'avez-vous? votre main tremble, votre accent est ému.

— Mon fils!

— Rien, monsieur. La joie, le bonheur de vous retrouver... mon père.

— C'est bien, cela! reprit Ferrand; et vous pouvez l'aimer de toute votre âme, ce cher Renaud, jeune homme, car il n'est point de père en France qui adore plus son fils que lui. N'est-ce pas, mon neveu?

— Vous pourriez ajouter, mon bon oncle, que ma tendresse ne fait que répondre à celle de ce cher garçon pour moi, ce qui la rend bien naturelle.

Cette protestation devait encore assombrir les idées de Richard; car, au désespoir de se sentir à jamais séparé de Marguerite, venait se joindre l'amère pensée d'être secrètement le rival impie de l'homme qui s'appelait son père, et pour qui il se sentait au cœur une affection sans bornes.

Ce jour fatal ne devait être qu'une longue souffrance pour lui.

Guéri de ses blessures, il n'avait plus de raison de cacher à son père le rôle qu'il avait joué pendant la guerre sous le nom de Stephano, et lorsqu'il avait quitté Rome en annonçant à Marguerite sa prochaine arrivée, après avoir découvert que Ferrand était rentré en France et appris l'adresse du peintre par le catalogue officiel de l'Exposition de peinture où avait figuré le *Léonidas*, Richard s'était promis de tout avouer à Renaud en lui disant son amour pour mademoiselle d'Alber et en lui apprenant par quelle romanesque circonstance cet amour, né en une heure, était devenu le but de sa vie; mais ses dispositions étaient désormais complétement modifiées.

Le nom de Lambert Bonnichon fut prononcé par Ferrand.

Richard tressaillit en l'entendant.

Par quelques questions adroites, il acquit la certitude que l'élève du père d'Angèle et son ancien ami de l'armée de la Loire ne faisaient qu'un seul et même Lambert.

Il importait peu à Richard que Lambert le reconnût, mais Renaud pouvait découvrir toute la vérité à la suite de cette reconnaissance. Sentant la nécessité de faire tout au monde pour que son père ignorât toujours ce qui s'était passé entre mademoiselle d'Alber et lui, Richard en voyant paraître l'élève de Ferrand au bout de l'allée qui conduisait au perron, s'échappa sous un prétexte frivole, et courut à lui :

— Stephano ! s'écria Bonnichon avec un joyeux étonnement ; en croirai-je mes yeux ?

— Silence et écoute-moi : je ne suis plus Stephano, je m'appelle Richard Renaud.

— Ah bah !

— Oui, reprit Richard, je te dis aujourd'hui

l'entière vérité : aussi, au nom de notre amitié,
tu ne me connais pas, tu ne m'as jamais vu, et
si tu as parlé à mon père ou à M. Ferrand de
ton camarade Stephano, au nom de notre amitié, je t'en conjure, que rien ne puisse jamais leur
faire deviner que ce Stephano, c'est moi.

— Ah bah !

— Il le faut ! Promets-le moi.

— C'est convenu.

Quelques instants après cet entretien, Richard
entrait au salon par une porte opposée à celle
que Bonnichon venait de franchir pour y pénétrer, et Ferrand présentait son élève au fils de
Renaud.

Richard eût donné dix ans de sa vie pour
pouvoir rester seul et réfléchir à ce qui restait
à faire ; mais, à moins de prétexter une indis-
position qui eût inquiété son père et l'eût peut-
être mis sur la trace de la vérité, nul moyen
de rester à l'écart ne pouvait se présenter à lui
dans ce jour où Renaud donnait à Ursule, radieuse aussi du retour du fils de son maître,
les ordres nécessaires pour fêter dignement son
arrivée.

Il fallait donc se contraindre et dissimuler,

causer et sourire avec le désespoir au cœur, la mort dans l'âme !

Le dîner réunit la famille Renaud et ses invités.

Ferrand adorait causer de l'Italie, Henri s'intéressait vivement à tout ce qu'avait pu faire son fils pendant les cinq années qui venaient de s'écouler.

Tous deux lui adressèrent de constantes questions auxquelles Richard dut répondre.

Ce fut pour lui un horrible supplice, souffrance encore augmentée par la présence de Marguerite qui, pâle et silencieuse, appelait à elle tout son courage pour ne point succomber, devant tous, aux diverses émotions qu'elle avait ressenties depuis le matin.

Un incident devait grandir l'anxiété de la jeune femme ce soir-là, et redoubler encore la poignante hésitation de Richard.

Le café avait été servi.

Les convives, quittant la salle à manger, étaient rentrés dans le salon.

Ferrand s'était emparé de Lambert et l'avait, plutôt de force que de gré, installé vis-à-vis de lui devant un échiquier.

Angèle et Marguerite, celle-ci pour se donner

une contenance, avaient repris leurs broderies.

Richard, assis à l'écart, se demandait sous quel prétexte plausible il pourrait quitter de nouveau cette demeure où il était entré si joyeux le matin même et où sa présence était désormais devenue impossible.

Henri jetait sur Marguerite et sur son fils des regards affectueux, les unissant tous deux dans sa pensée.

— Ne travaille pas ce soir, ma chère amie, dit-il à sa femme en s'emparant du tissu qu'elle avait dans les mains; tu es un peu pâle, je crains que tu ne te fatigues, et d'ailleurs j'ai quelque chose à te dire, viens là.

Et Renaud désigna du doigt la place restée vide à côté de Richard, sur le canapé.

— Non, je désire travailler, Henri.

— Mon fils te fait-il peur?

— Quelle idée!

— Alors, il te déplaît, reprit Renaud en baissant la voix; oh! ce serait bien mal à toi de ne pas l'aimer.

— Oh! fit Marguerite.

Renaud ne comprit point l'exclamation et l'interpréta à sa manière.

— Viens alors, dit-il en entraînant sa femme, et en la faisant asseoir près de Richard.

Celui-ci n'osa se lever.

Henri prit un siége et s'assit en face d'eux.

— Il est temps que vous fassiez connaissance, dit-il. Vous êtes ce que j'ai de plus cher au monde et je veux que votre affection mutuelle resserre encore les liens qui m'unissent à vous. Richard, Marguerite m'a promis de t'aimer comme une sœur, Marguerite, mon fils m'a juré aujourd'hui même, en arrivant, qu'il ferait tout au monde pour m'aider à te rendre heureuse. Je connais votre cœur à tous deux : l'un et l'autre sont dignes de se comprendre. Réalisons ce rêve enviable de nous aimer tous les trois comme Dieu nous dit de le faire ; et que mon amour, votre affection, Marguerite, et ton amical respect, Richard, ne fassent que grandir en se confondant, puisque nous voilà réunis à jamais.

On doit aisément comprendre l'effet que ces paroles durent produire sur ces deux êtres entre lesquels celui qui venait de les prononcer avait, sans le savoir, creusé le plus infranchissable et le plus profond des abîmes.

Tous deux restèrent muets, presque anéantis.

— Ce que je vous demande est-il donc impossible? reprit Henri avec gravité.

— Je vous aime, mon père....

— Mon ami!... fit Marguerite.

— Ce n'est point cela.

Et prenant la main de sa femme et celle de Richard, qu'il unit dans les siennes :

— Nous nous aimons, fit l'architecte.

Le moment était solennel.

Le moindre geste, la moindre hésitation, pouvaient tout apprendre à Renaud.

Marguerite était sans voix.

Richard fit un effort suprême et répéta :

— Nous nous aimons !

—Chers aimés ! s'écria Renaud. Ah ! Richard, nous allons créer des chefs-d'œuvre. Une commande m'est arrivée ce matin; je compte sur toi pour m'aider : il s'agit d'un théâtre. A nous deux nous en ferons une merveille.

— Oui, mon père, répondit Richard, entraîné malgré lui, tandis que cette pensée surgissait presque instantanément dans son esprit : Je ne pourrai donc point fuir pour l'oublier !

Après une nuit, pendant laquelle Richard put, seul enfin, s'abandonner complétement à son

désespoir et laisser couler abondamment ses larmes, lorsqu'il eut épuisé la source de ses pleurs,
il réfléchit de nouveau à la conduite qu'il avait
à tenir, afin de chasser de son cœur l'amour
coupable qui y était renfermé, et d'épargner à
son père le foudroiement de la découverte de
cette passion fatale.

Partir, c'était désespérer Renaud, et peut-être
éveiller ses soupçons.

Rester, c'était se condamner à une torture de
tous les instants, de toutes les secondes, et éter-
niser un sentiment qu'il devait maudire et éteindre à tout prix.

Richard ne se sentit pas le courage de braver
la présence de Marguerite, et essaya de donner
le change à Renaud, en lui parlant d'un voyage
probable qu'il entreprendrait dans peu de jours
afin d'obtenir de prétendus travaux dans une
grande ville de province.

L'esprit troublé de Richard ne lui avait fourni
que ce prétexte pour justifier sa fuite et en cacher le motif véritable.

Renaud ne le laissa pas aller jusqu'au
bout.

— Es-tu fou ? dit-il à son fils, et me crois-

tu assez sot pour autoriser ce voyage? Je te
tiens, je te garde.

— Mais...

— Hier au soir, après avoir montré une joie
véritable de te retrouver près de moi, lorsque je t'ai dit, devant ma femme, que nous
étions réunis à jamais, tu n'as soulevé aucune
objection, et ce matin, tu songes à me quitter ;
qu'est-ce que ça signifie?

— N'est-il pas naturel que je poursuive ma
carrière le plus activement possible ?

— Certes, et je t'y aiderai de tout mon pouvoir ;
mais, si habile que tu sois, mes conseils te seront encore nécessaires et, dans l'intérêt même
de ton avenir, je ne te laisserai pas t'éloigner.

— Mon père !

— Mon cher enfant, traite-moi d'égoïste, si
cela te plaît, mais je suis inflexible.

Richard insista encore.

— Je suis ton père, je veux que tu restes!
lui dit enfin Renaud d'un accent presque impérieux.

— Je ne partirai pas, fit Richard en courbant
la tête.

Ferrand, en entrant chez l'architecte, vint

12

terminer cet entretien pénible, et, quelques
instants après, il entraînait Richard chez lui,
afin de lui faire les honneurs de son atelier.

Lambert y travaillait avec son ardeur ordinaire. Angèle lisait à quelques pas de lui.

L'entrée de Richard et du peintre les arra-
cha tous les deux à leur occupation.

La conversation s'engagea entre les quatre
personnages, et bientôt Richard se sentit captivé par l'amitié que lui témoignait Ferrand, la
gaîté de Lambert et l'esprit enjoué d'Angèle.

Loin de Marguerite, c'est-à-dire échappant en
ce moment à la pénible contrainte qu'il ressentait en la présence de sa belle-mère, Richard
trouva chez Ferrand des distractions assez at-
trayantes pout rasséréner son âme désolée et
finit par se dire que peut-être, en réfugiant
sa tristesse sous ce toit où régnaient le calme
et le travail, il pourrait, sinon oublier complétement son amour, du moins acquérir assez
de force morale pour que jamais un mot, un
geste, un seul regard ne rappelât à Marguerite le serment qu'elle lui avait fait, et ne fît
deviner à Renaud le fatal mystère du passé.

L'amitié du peintre, d'Angèle et de Lambert

lui sembla le seul et le plus doux palliatif que sa douleur pût trouver ; car s'il sentait naître en lui une vive sympathie pour la cordialité de Ferrand ainsi que les grâces juvéniles de sa fille unique, et depuis longtemps Bonnichon avait droit à son amitié et à toute sa reconnaissance.

Faisons un dernier pas en arrière, afin d'expliquer la situation réciproque des deux jeunes gens.

Au moment où Richard était tombé sanglant sous le feu des balles ennemies, les Prussiens avaient passé à côté de son corps étendu sans s'arrêter car ils étaient poursuivis par un détachement de volontaires.

Parmi ces derniers se trouvait Lambert.

Ce détachement avait reçu l'ordre d'enterrer les morts et de recueillir les blessés, afin de les envoyer à l'ambulance, où les soins que réclamait leur état devaient leur être donnés.

A la clarté de l'aube, un des compagnons de Bonnichon aperçut Richard étendu, et aussitôt ses camarades et lui se dirigèrent vers le jeune Renaud.

Lambert ignorait complétement les événements de la veille, c'est-à-dire le combat qui avait eu lieu à la villa.

Devancé par ceux qui l'accompagnaient, il n'arriva près de Richard qu'au moment où le volontaire qui l'avait aperçu le premier, après avoir mis sa main sur le cœur du blessé, disait :

— Il est mort !

Bonnichon reconnut son ami.

— Stephano ! s'écria-t-il ; mon pauvre Stephano !

— Pauvre, en effet, car il ne peut plus t'entendre ; vois, deux balles l'ont frappé ! Il ne nous reste plus qu'à lui creuser une fosse et à prier Dieu de lui rendre la terre légère.

Bonnichon embrassait le corps de Richard d'un regard ému et scrutateur.

— Es-tu bien sûr qu'il soit mort? demanda-t-il au volontaire qui venait de lui parler.

— Qui pourrait en douter? ses mains sont froides, sa bouche est sans souffle, son cœur ne bat plus.

— Pourtant son visage n'est point contracté, il est livide, mais rien n'indique l'extinction de la vie, la rigidité n'existe pas.

— C'est une preuve que les balles qui l'ont

atteint l'auront foudroyé et que la mort a dû être instantanée.

— C'est possible ; et pourtant je ne puis croire qu'il n'est plus.

— Quand nous l'aurons enterré, il faudra bien te rendre à l'évidence. Allons! à la besogne; car d'autres que lui nous attendent, et peut-être que parmi ceux-là s'en trouve-t-il que nos soins pourraient rappeler à la vie ; ne perdons pas de temps.

— Tu as raison, reprit Bonnichon ; et si tu m'en crois, tu iras avec nos amis à la recherche des blessés, puisque les morts peuvent attendre, et tu me laisseras près du corps de mon ami Stephano.

— Qu'espères-tu encore?

— Je ne sais ; mais pour rien au monde je ne le laisserais mettre en terre en ce moment.

— Soit, fit le camarade de Lambert, puisque tu le veux ; mais, fit-il en secouant la tête, je te le répète, Stephano est bien mort... Allons, fit-il en se retournant vers ses compagnons, venez, mes amis, laissons là cet entêté.

Lambert resta seul près du corps de Richard.

12.

— Il faut avouer que la mort serait deux fois
aveugle et cruelle d'avoir frappé ce pauvre garçon, si charmant, si enthousiaste et si brave au
début de notre campagne, se dit philosophique-
ment Bonnichon en s'agenouillant et en portant
la main sur la poitrine de son frère d'armes.
N'est-ce pas, ami, que tu n'es point mort? n'est-
ce pas qu'ils se trompent, et que j'ai bien fait de
vouloir veiller sur toi?

Richard ne pouvait l'entendre, et néanmoins,
comme si Dieu lui-même eût permis qu'il échap-
pât au sort horrible qui lui eût été réservé sans
l'intervention de Lambert, une contraction légère mouvementa son visage.

— Oh ! il vit ! il vit ! s'écria Bonnichon avec
joie ; il vit ! je le savais bien !

Et aussitôt, débouchant la gourde remplie
d'eau-de-vie qui était suspendue à la ceinture
de sa tunique, il en fit couler quelques gouttes
sur les tempes de Richard et les frictionna légèrement.

La figure du blessé avait repris son expression première ; rien d'abord ne vint augmenter
l'espoir qu'avait conçu Lambert ; mais il ne se
découragea point, et, prodiguant à son ami tous

les soins qu'il pouvait lui donner en ce moment, il vit enfin reparaître sur l'épiderme une légère coloration qui envahit d'abord les lèvres de Richard, pour s'étendre ensuite sur les pommettes de ses joues.

Tandis que la lividité du visage du blessé disparaissait, sa respiration renaissait, bien faible encore, il est vrai, mais perceptible cependant.

Bonnichon n'en demanda pas davantage.

Il courut rejoindre ses compagnons, qui creusaient une fosse à quelque distance.

— Que vous disais-je? fit-il, Stephano n'est pas mort! il respire; son sang a reflué vers son visage, il souffre, il vit enfin! Qu'un de vous m'aide à le transporter, c'est tout ce que je vous demande.

La conviction de Lambert fut partagée.

— J'y vais, fit un volontaire.

— Ah! merci.

Bonnichon et ce dernier retournèrent vers l'endroit où gisait Richard, lequel fut installé le plus commodément possible dans un chariot, où se trouvaient déjà deux autres blessés.

Lambert prit place aux côtés de Richard, dans le chariot, en s'écriant :

— Maintenant, mon cher Stephano, je ne te quitte plus.

C'est à ce moment que Marguerite était sortie de la villa et que, apercevant les volontaires français qui enterraient les morts, elle avait cru que le cadavre de Stephano était au nombre de ceux-là.

Richard n'apprit que plus tard, et alors que les soins qui lui furent prodigués à l'ambulance l'eurent complétement rendu, non point encore à la santé, mais à la vie, tout ce qu'il devait à Bonnichon.

Dès lors, il lui avait voué une reconnaissance sans bornes, dont Lambert était deux fois digne, car il ne s'était jamais vanté à personne d'avoir sauvé son ami.

Si ce n'eût été son fatal amour pour Marguerite, tout engageait donc Richard à demeurer à Chatou, auprès de ceux qui l'aimaient tant, et le lui avaient prouvé différemment, mais d'une façon si positive et si complète.

Partir tout de suite était impossible, après la conversation qu'il avait eue avec Renaud le matin même, et Richard se mit à chercher un prétexte plausible de vivre le plus possible chez Ferrand

et de ne se trouver avec Marguerite qu'aux
heures du repas et devant tout le monde.

Les circonstances se prêtèrent à l'accomplissement de ce projet, et ce fut le peintre qui lui-
même fournit à Richard le prétexte de s'installer définitivement dans son atelier.

— Mon cher Richard, lui dit-il, ce n'est point
sans petit intérêt que je vous ai prié de me faire
le plaisir de venir ici ce matin : j'ai un service
à vous demander.

— Je serai très-heureux de pouvoir vous être
agréable, monsieur. Parlez! de quoi s'agit-il?

— Renaud m'a affirmé que vous êtes de première force en perspective.

— Mon père a exagéré mes mérites.

— Inutile modestie; je n'admettrai pas de
refus, je vous en préviens.

— Il n'entre point dans mon esprit l'idée de
vous en imposer le moindre. Vous m'accablez
d'éloges, je proteste : quoi de plus naturel?

— Soit. Je vais ébaucher un grand tableau:
la *Mort de César*. Voulez-vous bien vous char-
ger de le mettre au point?

— Très-volontiers. Quand faut-il commencer?

— Tout de suite, si vous le voulez; voici l'étude qui doit vous guider.

— Donnez-moi tout ce qu'il faut, et je m'y mets à l'instant même.

— Parbleu ! voilà du zèle, et je vous en remercie; mais l'heure du déjeuner a sonné, et si Renaud ne vous attend pas positivement, vous me ferez d'abord le plaisir de vous mettre à table avec nous.

Richard accepta l'invitation de Ferrand sans se faire prier.

— Je vais envoyer prévenir Renaud que vous nous restez, fit le peintre... Charge le jardinier d'aller chez ton cousin, Angèle.

Pierre arriva quelques instants après dans la salle à manger de l'architecte, au moment où celui-ci, qui venait d'y entrer, demandait à Marguerite :

— Où est mon fils?

— M. Richard déjeune chez M. Ferrand; je viens pour vous en prévenir, monsieur Renaud, fit Pierre.

— Ah ! fort bien, mon garçon.

Et tandis que Pierre regagnait le chalet du peintre :

— Richard ne m'en veut pas sans doute de ne point avoir acquiescé à son désir ce matin ? ajouta Henri en s'adressant à sa femme. J'irai, en sortant de table, gronder ton oncle de s'emparer ainsi de mon fils. Conçois-tu qu'il voulait nous quitter pour obtenir je ne sais quel travail ?

— Ah ! fit Marguerite en baissant la tête, afin de cacher la rougeur qui envahissait son visage.

— Après cinq ans d'absence ! reprit Renaud. Mais il ne m'en parlera plus, car je ne veux pas qu'il parte, et le lui ai dit : c'est pour cela qu'il me boude ce matin. Sers-moi, je te prie, ma chère.

Marguerite était restée pensive.

Elle demeura immobile.

— Qu'as-tu donc, Marguerite ? reprit l'architecte en s'emparant d'une des mains de sa femme.

— Ah ! pardon, mon ami. J'étais distraite.

— A quoi pensais-tu ?

— Je ne sais, j'ai un peu de migraine.

— Nous irons faire tout à l'heure une promenade avec Richard, cela te remettra.

Ce qui, en outre des consolations et des en-

couragements qu'Angèle lui avait prodigués la
veille, avait rendu un peu de calme à Marguerite : c'était l'engagement pris vis-à-vis d'elle
par Richard, au moment où il avait appris
qu'elle était la femme de son père, de s'éloigner
de nouveau.

Les quelques mots échangés entre elle et Renaud venaient de lui révéler que fidèle à sa
promesse, le jeune homme avait tenté de fuir,
mais de lui apprendre aussi que la volonté de
son mari avait rendu cette fuite impossible.

Dans la profonde méditation à laquelle elle
s'était livrée pendant toute la nuit sur les conséquences que pourrait avoir pour Renaud,
pour son fils et pour elle, la situation terrible
dans laquelle les plaçait le serment qu'elle
avait fait à Stephano et l'espoir que Richard
avait caressé jusqu'au moment où la nouvelle qualité de Marguerite avait été révé-
lée à ce dernier, la jeune femme, tout en comprenant qu'il ne pourrait effectuer que fort
difficilement son départ, avait accueilli ce projet
comme le seul parti à prendre pour le moment.

L'impossibilité dans laquelle Richard se trouvait de l'accomplir la jeta dans un autre ordre d'idées : elle sentit qu'elle n'avait qu'un refuge, l'amour d'Henri, et se promit de s'y abandonner entièrement, afin de pouvoir supporter, sans faiblir, le constant remords que la présence de Richard devait lui inspirer.

Sa conscience, ainsi qu'Angèle le lui avait dit la veille, ne pouvait pourtant rien lui reprocher.

La croyance de la mort seule de Stephano l'avait fait consentir à donner sa main à Renaud, et Richard était plus coupable qu'elle de son parjure, en ne lui ayant pas révélé, à leur première rencontre, son véritable nom.

Néanmoins, tout en la considérant comme dangereuse, Marguerite reconnaissait qu'une explication était indispensable entre Richard et elle; car son intuition féminine lui faisait comprendre que si Richard était désespéré, la pensée d'avoir été trahi par elle devait entrer pour beaucoup dans son chagrin, et elle voulait lui prouver qu'elle n'était point coupable, et que, si elle n'était plus libre et appartenait à Renaud, la dissimulation du faux Stephano et la fatalité en étaient seules cause.

13

Ces diverses réflexions traversèrent rapidement son esprit, et Henri, qui n'était jamais aussi heureux que lorsqu'il pouvait se trouver seul avec Marguerite, ne put se douter de rien, tant sa femme affecta d'avoir pour lui toutes les attentions imaginables, dès que fut passé l'instant de trouble qui l'avait envahie en apprenant que Richard ne partirait pas.

Lorsque le repas fut achevé, Henri alluma un cigare et se rendit chez Ferrand.

Il y trouva son fils occupé à préparer la toile de la *Mort de César*.

— Tu me boudes donc? lui dit-il.

— Nullement, mon père!

— Pourquoi n'es-tu pas venu déjeuner?

— M. Ferrand m'a prié de mettre cette toile au point, et je suis resté ici afin de commencer ce travail.

Henri jeta un regard sur Ferrand, sur Angèle et sur Richard, et un sourire qui ne fut surpris par personne erra sur ses lèvres.

— Tu as bien fait, dit-il à son fils. Je venais gronder mon oncle de t'avoir gardé, et te chercher pour faire une promenade avec ta belle-mère; mais puisque tu es occupé, demeure.

L'heure que Richard venait de passer chez le peintre avait rasséréné ses idées autant que possible; et de même que Marguerite avait adopté un plan de conduite, il s'était, on le sait, juré de la fuir sans affectation, en vivant plus chez Ferrand que chez son père, et en évitant toute occasion de se trouver seul avec la jeune femme, fût-ce même une seconde.

En effet, dès le lendemain Richard se rendit de bonne heure au chalet; puis, le premier travail dont Ferrand l'avait chargé étant achevé, il continua à considérer l'atelier du peintre comme le sien, et y commença les plans du théâtre que Renaud allait construire.

Celui-ci ne songea pas à blâmer son fils de vivre plutôt chez l'oncle de Marguerite que chez lui, car malgré toute son affection pour Richard, son amour pour sa femme, qu'il n'avait jamais trouvée si aimante et si affectueuse, l'absorbait de plus en plus, et, certain projet, longuement caressé, lui faisait considérer la désertion de son fils comme l'annonce de sa prochaine réalisation.

Ces deux motifs firent que les semaines se succédèrent sans que rien ne vînt troubler sa joie, ni le mettre sur les traces du drame terrible qui se livrait dans le cœur de Richard et dans l'âme de Marguerite.

Le temps n'avait point éteint l'amour du jeune homme, au contraire.

Il luttait courageusement, mais vainement.

Marguerite, de son côté, déployait non moins d'énergie, car la conduite de Richard fut interprétée par elle comme une sorte de dédain injuste, plus outrageant que les plus durs reproches, et, ne sachant quel parti prendre pour conquérir son estime, elle en éprouva bientôt un chagrin d'autant plus pénible qu'elle devait le cacher à tout le monde.

Cet état de choses devait infailliblement amener une catastrophe.

IX

Pénétrons, un mois après le retour de Richard, à Chatou, dans la serre de la villa Renaud, où Henri, ainsi qu'il l'avait annoncé à Marguerite, avait installé sa table de travail.

La terre est toujours élégante, richement ombragée et fleurie.

Sur une table rustique qu'entourent des sièges, la broderie d'Angèle attend les doigts de fée de la jeune fille.

Près de cette table est le métier de Marguerite.

Le jardin d'hiver s'est métamorphosé en véritable refuge, où les habitants de la villa viennent travailler en commun, et se mettre à l'abri des chauds rayons du soleil d'août.

Joseph seul, au moment où nous reprenons notre récit, l'arrosoir à la main, se trouvait dans la serre dont il arrosait les plantes, afin d'augmenter encore l'agréable fraîcheur qui y régnait, grâce aux grands stores de bois complétement étendus le long de ses murs transparents.

Ursule entra.

— Tiens, dit-elle à Joseph, vous faites donc le jardinier ?

— Oui, madame Ursule. Pierre est allé à Paris pour madame et il m'a prié de le remplacer aujourd'hui.

— Ah ! fit Ursule, je croyais que madame devait aller elle-même à Paris ce matin.

— Hier, elle en avait parlé, en effet ; mais il fait si chaud aujourd'hui, que monsieur l'a priée de rester, et vous savez, madame Ursule, que madame fait tout ce que monsieur désire.

— C'est vrai, et je l'aime encore plus pour tout le bonheur qu'elle lui donne.

— Malheureusement, tout le monde ne fait pas de même ici.

— Comment cela ?

— Oh ! ce n'est pas mon affaire !

—N'importe, parlez, monsieur Joseph, je vous en prie.

— Eh bien ! fit le domestique en se rapprochant d'Ursule, afin d'élever sa voix le moins possible, n'avez-vous pas remarqué que M. Richard ne reste jamais un seul instant avec madame, et qu'il passe même tout son temps hors de la maison ?

— Ce n'est pas être hors de la maison que de se trouver dans l'atelier de M. Ferrand. Un jardin à traverser, en cette saison, c'est comme qui dirait un corridor, et si M. Richard n'est pas plus souvent avec sa belle-mère, c'est par pur hasard.

Joseph hocha la tête.

— Il la fuit, vous dis-je, reprit-il, et madame en est fort chagrine. Du reste, de son côté, M. Richard n'est point d'une gaîté folle, et, dès que M. Renaud n'est pas là, son front s'assombrit.

— Vous avez rêvé ça, monsieur Joseph, répliqua Ursule, en haussant légèrement les épaules.

— Non pas, insista Joseph, et la preuve, c'est que, l'autre jour, je traversais cette serre, M. Richard était assis là, il lisait. La voix de madame se fit entendre dans le salon : aussitôt M. Richard jeta son livre et sauta par cette fenêtre dans le jardin. Madame entra au moment même où elle se refermait sur lui, elle le suivit pendant quelques instants du regard, et je surpris une larme dans ses yeux.

Richard était entré depuis quelques instants ; il entendit les dernières paroles de Joseph, et se dirigeant vers la table de travail, il murmura :

— Oh ! cette existence n'est plus possible, et cette fois c'est en vain qu'on voudra me retenir.

Joseph vit son jeune maître, et reprenant son arrosoir, il sortit après l'avoir désigné du geste à Ursule.

En proie aux plus douloureuses réflexions, Richard, qui s'était assis devant la table de travail, s'accouda sur elle et laissa tomber sa tête dans ses mains.

Son attitude fit penser à la vieille gouvernante que le dire de Joseph n'était point aussi dénué de fondement qu'elle se l'était imaginé d'abord, et, s'approchant de celui qu'elle avait toujours appelé son cher enfant, elle se pencha vers lui, et lui demanda :

— Qu'as-tu ?

Richard releva la tête.

— Rien, fit-il.

— Bien vrai? dit Ursule, en plongeant dans les yeux de Richard un affectueux regard interrogateur.

— Je te l'assure.

— Si tu avais du chagrin, tu me le dirais, n'est-ce pas?

— Tu le sais bien, ma bonne Ursule, fit Richard en s'efforçant de sourire.

— Joseph se sera trompé, se dit la bonne femme, n'importe ! Richard a l'air triste.

L'arrivée bruyante de Lambert vint faire diversion à cette scène.

— Eh bien? *mio caro,* s'écria Bonnichon en entrant, il est onze heures, et tu n'as pas encore paru à l'atelier.

— Mon père m'a prié de l'aider dans ce travail, répondit Richard en désignant un plan qui se trouvait en face de lui.

— Touchante collaboration, fit Lambert, l'excuse est parfaite.

— Bonjour, monsieur l'écervelé, dit Ursule à Bonnichon.

— Ah! c'est vous, madame Ursule, fit celui-ci qui ne s'était point encore aperçu de la présence de la vieille bonne. Serviteur!

— Tâchez donc de dérider Richard : il en a besoin, glissa Ursule à l'oreille de Bonnichon : je vous laisse, égayez-le, monsieur Lambert.

Puis elle regagna l'office.

— On te dit d'humeur noire, fit le peintre, dès qu'Ursule se fut éloignée.

— Qu'est-ce, *on?*

— Ursule.

— Elle se trompe, tu vois.

Le sourire dont Richard accompagna cette dénégation manquait tout à fait de franchise; aussi Lambert reprit-il :

— Je vois, au contraire, qu'elle a raison. Oh! ne nie pas; je suis physionomiste, et tu as l'air d'un conspirateur ou d'un amoureux. Fi! quel sinistre modèle tu ferais!

L'insistance de son ami irrita Richard.

— Eh! non, te dis-je, fit-il avec brusquerie :

— Ne te fâche pas, beau ténébreux, et sois franc. Ce n'est pas d'aujourd'hui, du reste, que j'ai remarqué ta tristesse.

— Encore!

— Voudrais-tu me faire croire, par hasard, que tu es aussi gai que lorsque nouschantions en chœur, sous le feu des canons prussiens, nos refrains belliqueux ?

Richard se leva brusquement, et saisissant le bras de Lambert:

— Tais-toi, malheureux, si l'on t'entendait... s'écria-t-il.

— Ah çà, reprit Bonnichon sans autrement s'émouvoir du brusque geste de son ami, daigneras-tu enfin m'expliquer le mot de cette énigme, et pourquoi, après m'avoir supplié, le jour même de ton arrivée, de ne jamais révéler à personne que nous avons été compagnons d'armes, tu ressens des terreurs aussi soudaines qu'inexplicables chaque fois que je fais allusion à notre campagne ?

— Volontiers, car il faut en finir une bonne fois avec cette irritante question. Je veux que personne ne connaisse ici le passé, parce que si mon père apprenait que, n'écoutant que ma haine pour les envahisseurs, j'ai brusquement quitté mes travaux pour prendre part à la guerre, il ne me le pardonnerait pas.

— Allons donc! M. Renaud ne pourrait te faire un crime de ton courage.

— Il m'en voudrait, te dis-je, d'avoir exposé ma vie à son insu, alors que j'étais encore tout ce qu'il chérissait le plus au monde. Si je n'avais d'ailleurs redouté ni ses angoisses ni ses reproches, aurais-je eu besoin de prendre un nom d'emprunt pour combattre?

— J'admets tout cela, cher ami. Certes, il est évident que si tu avais demandé à ton père la permission d'aller recevoir deux balles dans la poitrine, comme tu l'as courageusement fait, il te l'aurait refusée; mais puisque tu as miraculeusement survécu à ces terribles blessures, pourquoi ne point tout lui dire?

— Permets-moi de rester le seul juge des conséquences que pourrait avoir pour moi la confidence complète que je ferais à mon père de ce qui s'est passé, et, par grâce, épargne-moi à l'avenir toute allusion à ce qui s'y rattache.

—Richard rougit donc de Stephano?

— Stephano le volontaire est mort à l'ambulance de Coulmiers, mort ou oublié, fit Richard d'un ton résolu. Au nom de toute l'amitié que tu m'as témoignée pendant quatre mois de souffrance, au nom même de l'immense service que tu m'as rendu, je te conjure de ne jamais l'oublier...

L'accent suppliant dont Richard acheva ce discours persuada Bonnichon.

— C'est bien, fit-il, n'en parlons plus !

— Merci. Mais ce n'est pas tout encore, je vais partir.

— Toi, s'écria Lambert stupéfait.

— Oui, reprit Richard avec un certain embarras, ce voyage est indispensable en vue des travaux que je veux exécuter.

— Quelle fièvre artistique !

— Ne la comprends-tu pas ?

— Si fait pour moi, mais non pour toi.

— Quelle différence y a-t-il donc entre nous ?

— Une différence énorme. Je n'ai pas eu le bonheur de rencontrer un maître dans mon père ; j'ai trouvé, il est vrai, un père dans mon maître, car M. Ferrand a pour moi une véritable affection, qui, jointe à ses savants conseils, justifie entièrement ma désertion du foyer paternel ; mais toi, lorsqu'après une absence de cinq années, à peine tu reviens près de ceux

qui te sont chers et peuvent te sacrer grand
homme, tu songes une seconde fois à les abandonner. Vraiment, c'est incompréhensible.

— Il le faut, Richard. Jure-moi donc que
mon secret demeurera aussi sacré pour toi,
après mon départ, qu'il l'a été jusqu'à ce jour.

— Être mystérieux !

— Je t'en supplie, Lambert, ne me refuse pas.

— Sois donc satisfait ; j'en lève la main dans
les ténèbres, car si je comprends quelque chose
à ta conduite, je veux bien briser mes pinceaux
à l'instant même.

— Elle est simple, je te l'affirme.

— Fort bien ; mais, en ce cas, c'est moi qui
suis fou ! s'écria gaîment Bonnichon.

Une voix argentine et douce lui lança cette
boutade :

— Ah ! monsieur Lambert, je n'aurais pas
osé vous le dire.

— Et par quelle étourderie ai-je mérité ces
paroles ? mademoiselle, demanda le jeune peintre à Angèle ; car c'était elle qui, saisissant les
derniers mots qu'il avait prononcés, venait
d'adresser cette raillerie à Bonnichon.

Mademoiselle Ferrand était charmante encore

plus que de coutume ce jour-là. Sa robe de mousseline blanche qu'entourait, dessinant sa taille souple et mince, un large ruban rose, faisait ressortir l'éclat de son teint et contrastait de la plus heureuse façon avec les boucles de ses cheveux noirs qui flottaient au vent.

— Comment, vous le demandez, monsieur Lambert? fit-elle à Bonnichon. Mon père ne vous a-t-il pas chargé de venir savoir pourquoi M. Richard n'a point encore paru à l'atelier aujourd'hui?

— Oui. Eh bien! je le sais, mademoiselle.

— La belle raison! Mais il fallait revenir tout de suite nous l'apprendre, monsieur.

— C'est juste, j'ai tort, excusez-moi; nous avons causé.

— Un travail important me retient ici, dit Richard.

— Voilà tout le mystère, ajouta le jeune peintre.

— Mon père était un peu inquiet.

— Je cours le rassurer, mademoiselle.

— Un instant, monsieur Lambert. Serait-il indiscret de vous demander d'abord, messieurs, quel intéressant sujet de conversation a pu faire oublier à M. Bonnichon que nous... que mon père attendait impatiemment son retour?

— Nullement, répondit Lambert. Richard m'annonçait son départ.

— Comment ! que dites-vous ? s'écria Angèle avec autant de surprise que d'émotion.

— Maladroit ! lança tout bas Richard à Lambert.

Puis, s'adressant à mademoiselle Ferrand :

— Rien n'est encore décidé, dit-il; c'est un projet très-vague, qui probablement ne se réalisera pas.

— Le projet existe néanmoins, reprit Angèle.

— Tiens ! tiens ! fit Lambert en regardant les deux jeunes gens; mademoiselle Angèle ne serait-elle pas plus habile à le retenir que personne? Nous verrons bien. Je vais rejoindre le patron, dit-il en s'éloignant.

Et il sortit par le jardin.

Dès qu'Angèle fut seule avec Richard, son visage prit un air sérieux qu'il n'avait pas d'ordinaire et d'une voix grave, elle lui dit :

— Monsieur Richard?

— Mademoiselle ?

— Vous souvenez-vous de notre première rencontre, il y a un mois ?

— Comme si c'était hier.

— Et n'avez-vous point oublié ce que vous m'avez dit ?

— Quoi donc ?

— Allons, vous ne vous en souvenez plus, je le vois, fit Angèle d'un ton légèrement piqué ; mais je vais rafraîchir votre mémoire. Je ne savais même pas votre nom, vous vous étiez, j'ignore encore comment, emparé de mes fleurs ; puis, après m'avoir appris que nous étions appelés à nous rencontrer fréquemment, sans attendre la réponse que mon grand étonnement m'empêchait de vous faire, vous me dites...

— Nous serons amis, n'est-ce pas ? interrompit Richard, voulant prouver ainsi à Angèle qu'il n'avait rien oublié.

— Eh bien, fit la jeune fille, il me semble que jusqu'à présent, seule j'ai réalisé cette promesse.

— Ne suis-je pas votre meilleur ami ?

— Non... Songe-t-on à quitter sa meilleure amie ?

— L'art a ses exigences, dit Richard, en quête d'arguments.

— Le cœur doit parler plus haut. Tout le monde ici vous aime.

— Tout le monde ? répéta Richard avec un accent que mademoiselle Ferrand ne put définir.

— Et, d'ailleurs, reprit-elle, quel triomphe pourrait jamais compenser pour vous, dans l'avenir, tout ce que vous perdriez en quittant cette maison.

— Je ne suis pas encore parti.

— Et vous ne partirez pas ; M. Renaud s'y opposera.

Ces paroles firent naître de nouvelles craintes dans l'esprit du jeune homme qui redoutant plus que jamais une explication avec son père, s'écria :

— De grâce, chère Angèle, pas un mot de ce départ à mon père !

Cette prière faisait gagner du terrain à mademoiselle Ferrand. Elle le comprit, et feignant d'éprouver un étonnement plus grand encore que n'était celui qu'elle ressentait réellement :

— Comment, il l'ignore, fit-elle ; c'est sans

consentement que vous songez à vous séparer de
lui de nouveau ?

— N'abusez pas de la maladroite indiscrétion
de Lambert, poursuivit Richard.

— Vous vous sentez fautif, avouez-le.

— Je ne dis pas non ; mais je vous en conjure
que tout ceci reste entre nous.

— A une condition.

— Laquelle ?

— C'est que vous ne nous quitterez pas.

— Angèle !

— Je suis inflexible, monsieur. Consentez ou
je parle.

Richard hésita pendant quelques secondes et
finit par répondre :

— Eh bien ! je resterai.

La physionomie de mademoiselle Ferrand se
rasséréna complétement à cette promesse.

— On dirait vraiment que je vous impose un
sacrifice, dit-elle affectueusement à Richard.

— Pouvez-vous le penser ?

— Vouloir nous quitter ! Ah ! vous m'avez fait
de la peine ; et, franchement, je ne le mérite pas.

— Mon amie, fit Richard, en s'emparant
d'une des mains de la jeune fille.

— Egoïste, dit-elle, en la lui abandonnant; mais je ne sais pas vous en vouloir et, à mon tour, pardonnez-moi.

— Quoi donc?

— Mais la liberté grande dont j'use vis-à-vis de vous.

—Elle m'est précieuse, car je la crois le résultat d'une sympathie qui m'est chère.

— C'est vrai; j'espère que je suis votre meilleure amie, car il me semble que notre intimité date de toujours. Ma raison me dit en vain. « Voilà seulement un mois à peine que tu le connais. » Mon cœur, plus fort qu'elle, me persuade que, dès mon enfance, vous avez toujours été près de moi!

La chaste naïveté de ces diverses paroles trouva dans le cœur de Richard un affectueux écho.

— Je vous bénis pour ce que vous venez de dire, fit-il. Oublions ce nuage.

— A la bonne heure. Et maintenant, reprenez votre compas et vos crayons.

— Vous me quittez?

— Non pas, je vais travailler là, en attendant Marguerite.

A ce nom, Richard lâcha la main de la jeune

fille, qu'il avait jusqu'alors conservée dans la
sienne.

— Me le permettez vous, monsieur? fit Angèle avec un charmant sourire.

— De grand cœur.

Mademoiselle Ferrand s'installa près de la
table dans un grand fauteuil assez bas, sur
lequel elle s'étendit, la tête légèrement en arrière et se mit à broder, tandis que Richard
reprenait son travail, tout en se disant, mû par
mille sentiments divers :

— Bonne Angèle; mais rester? rester encore? Ah! meure en moi cet amour fatal,
qui torture mon âme et égare ma raison! Tra-
vaillons, oublions, oublions surtout!

Si le cœur de Richard n'eût pas été boule-
versé par les regrets et les remords que lui inspirait une fatale passion qui survivait à tous
ses efforts, l'amitié que lui témoignait Angèle
n'eût point tardé à le rendre amoureux d'elle,
car mademoiselle Ferrand joignait à toutes les
grâces de la femme les qualités de l'âme qui
l'idéalisent et celles d'une éducation complète
qui la parachèvent; mais le souvenir du serment de Marguerite le frappait de cécité.

Quant à Angèle, elle se livrait tout entière
au sentiment que Richard lui avait inspiré,
sans songer à lui donner un nom, ni à le définir
et pour la première fois peut-être, depuis qu'elle
voyait ce jeune homme tous les jours, elle avait
compris, en apprenant son projet de départ,
la place énorme qu'il occupait dans sa vie.

Si quelqu'un lui avait dit :

— Vous aimez Richard d'amour!

Elle eût été fort surprise, mais n'eût point nié.

Renaud devait faire mieux que de le lui dire,
il devait le lui prouver sans le vouloir, et pourtant d'une façon évidente.

Henri se trouvait au jardin au moment où
Richard remerciait Angèle d'avoir pour lui
cette vive sympathie qu'elle avouait ressentir.

Il aperçut à travers les carreaux de la serre
les deux jeunes gens; entrant doucement, il
s'avança avec précaution près d'Angèle au moment où elle venait de prendre sa broderie et
l'embrassa sur le front.

Une erreur, dans laquelle éclatait tout ce que
contenait son cœur, fut alors commise par la
jeune fille.

Au contact des lèvres de Renaud, dont elle ne

pouvait voir le visage, car il s'était aussitôt re-
dressé derrière elle, elle s'écria d'un ton de reproche ému.

— Richard !

Renaud lui saisit la main, et se montrant :

— Silence, dit-il ! ce n'est pas lui, chère enfant.

— Ciel !

— Ne rougissez pas, continua tout bas Renaud ; je sais ce que je voulais savoir : je serai
votre père.

— Ah ! mon cousin, que vous êtes bon !
fit Angèle toute confuse d'avoir laissé échapper
son secret.

— Du calme, mademoiselle, et laissez-nous.

Angèle ne demandait pas mieux que de pouvoir aller, le plus tôt possible, réfléchir soli-
tairement à tout ce qui venait de se passer ;
aussi se leva-t-elle et gagna-t-elle le jardin,
en courant comme une gazelle effarouchée.

Cette scène avait été si prompte, que Richard
n'avait point encore remarqué la présence de
son père, lorsque celui-ci, lui frappant familièrement sur l'épaule, lui demanda :

— Eh bien ! avançons-nous ?

— Ah! c'est vous... mon père! fit le jeune homme, brusquement tiré de ses réflexions par la voix et le geste de Renaud.

— Vous! répéta celui-ci. A qui parles-tu? Nous sommes seuls. J'ai fait fuir la petite cousine.

— Pardonne-moi, j'étais distrait. J'aurai terminé ce plan ce soir.

— Laisse ce travail et écoute-moi, fit Henri en s'installant dans le fauteuil que venait de quitter Angèle et en désignant à son fils un siége rustique qui se trouvait près de lui.

Richard obéit et s'assit en face de son père.

Pendant quelques secondes, Renaud embrassa son fils d'un regard joyeux et quelque peu railleur; après quoi il aborda brusquement le grave sujet qu'il allait entamer par ces paroles :

— Richard, tu n'as donc pas eu d'ami intime en Italie?

— Si fait. Pourquoi cette question ?

— Parce que tu sembles avoir complétement perdu l'habitude de te confier à ceux qui t'aiment le plus.

— Je ne te comprends pas, fit Richard, en sentant un léger trouble le gagner.

— Fort bien. J'espère néanmoins, reprit Renaud, que le jour de tes noces tu daigneras enfin tout m'avouer.

— Quoi, mon père, demanda de bonne foi le jeune homme fort étonné ; et que parlez-vous de mariage ?

— Allons, voyons, reprit Henri d'un ton affectueux, ne suis-je plus ton confident, cher enfant ?

— Je n'ai point de confidence à te faire.

— Vraiment ? Pourquoi vouloir me cacher plus longtemps ton amour pour Angèle ?

— Mon amour ! s'écria Richard au comble de la stupeur.

— Eh oui ! Tu vois que je t'ai deviné, et c'est avec joie ; car ton mariage avec elle réalisera un projet caressé par moi-même avant ton retour. Le consentement de Ferrand n'est pas douteux, je sais à quoi m'en tenir sur celui de sa fille, rien ne s'oppose donc à ton bonheur. Je vais faire prévenir M. Duménil, mon notaire, et nous signerons en famille ton contrat dès ce soir, si tu le veux. Es-tu content ?

Richard demeura interdit pendant un instant. Il était si loin de s'attendre à la proposition

14

que lui faisait son père, qu'il ne trouva, tout de suite, rien à lui répondre; mais enfin, revenant de sa surprise, il lui dit :

— Je te jure que je n'ai point songé une seule fois à ce mariage jusqu'ici.

— Tu aimes Angèle, cependant?

— J'ai pour elle une grande affection.

— Rien de plus?

— Non.

— Ce n'est pas possible, cher enfant. Interroge bien ton cœur.

— Je le questionnerais vainement, ce n'est point le mot amour qu'il me répondrait.

Ce fut au tour d'Henri à être plongé dans une stupéfaction complète, car depuis quelque temps déjà il était persuadé que Richard était amoureux de mademoiselle Ferrand.

—Alors, c'est que tu aimes une autre femme? dit-il après un silence.

— Mon père! fit Richard en pâlissant.

— Qui aimes-tu? Parle, mais parle donc! Ai-je jamais été pour toi un juge si sévère que tu ne puisses tout me dire à moi, ton père!

— Je n'aime personne, dit froidement le jeune homme.

— Ah! fit en se levant Renaud, dont le front devint soucieux.

Puis, après avoir fait quelques pas, il revint vers son fils et ajouta d'un ton sévère :

— Richard, dès ton enfance tu as montré une expansion de sentiments que j'ai maintes fois combattue, tellement elle était vive. En devenant un homme aurais-tu appris à murer ton âme de façon que personne, même moi, ne puisse y pénétrer?

— Je vous le répète, mon père, je n'aime personne.

— Daigne alors m'expliquer ta conduite, reprit Renaud en se laissant retomber dans le fauteuil avec un geste d'impatience. Il y a un mois, à peine arrivé, tu as voulu nous quitter de nouveau, et j'ai dû, pour la première fois, user de toute mon autorité paternelle pour te contraindre à rester. Tu m'as obéi, c'est vrai; mais dès lors, au lieu de ne point quitter cette maison, c'est chez Ferrand que tu as passé tout ton temps. Je ne t'en ai point voulu pour cela, car j'ai pensé que les charmes d'Angèle étaient entrés de moitié dans ta soumission, et malgré ton dire, je ne puis m'être trompé, puisque tu ne quittes plus la demeure de ton oncle.

— La conversation de M. Ferrand est très-attrayante, Lambert est un garçon gai et sympathique, répondit Richard.

— Et cela t'a suffi pour abandonner presque complétement ma demeure? fit Renaud avec doute.

— Mon Dieu, reprit le jeune homme, j'ai craint peut-être, sans bien m'en rendre compte, d'amoindrir par ma présence une intimité qui vous est chère...

Renaud l'interrompit aussitôt.

— Je tremblais de le deviner! s'écria-t-il. Ah! c'est mal, oui, très-mal. Tu m'avais promis tout le contraire, car si n'aimant pas Angèle, tu désertes constamment mon toit, c'est que tu hais Marguerite, et si tu hais Marguerite, c'est que tu es un mauvais cœur.

Jamais depuis qu'il était au monde, Richard n'avait entendu une parole aussi amère s'échapper des lèvres de son père.

— Moi! fit-il en protestant de la voix et du geste.

— Oui, toi, continua Henri avec animation. Dis-moi, puisque l'amour n'est pas ton excuse, quel autre sentiment qu'une haine instinctive peut te faire éviter constamment Marguerite

comme tu le fais, sans qu'elle ose s'en plaindre,
elle ; — son âme est trop noble pour cela — et ta
façon d'agir, si Angèle t'est indifférente, ne peut
provenir que d'une aveugle jalousie, injuste et
méconnaissante à la fois. J'en avais eu le vague
soupçon, mais je l'avais énergiquement repoussé,
car je te croyais incapable du moindre égoïsme.
Je me suis trompé, je le vois. Ingrat ! qui souffre
de ma félicité, comme si mon amour lui avait
volé sa place dans mon cœur.

— Ah ! mon père !

— Laisse-moi, je comprends tout. Je t'ai tant
aimé, que tu as fini par te croire le droit de
remplir seul mon existence entière.

— Mon père, fit Richard d'une voix émue,
sur la mémoire de ma mère, que vous avez chérie et que je vénère, sur mon honneur, votre
ouvrage, sur ma vie que je vous dois aussi, mon
père, je jure que jamais la pensée que vous puis-
siez m'aimer moins une seconde, n'est entrée
dans mon esprit.

L'accent convaincu de Richard persuada Re
naud.

— Je te crois, fit-il avec calme ; mais alors
pourquoi fuis-tu ma femme ?

14.

— Je ne la fuis pas.

— Pourquoi, si tu l'aimes mieux, passes-tu tout ton temps près d'Angèle?

— Je vais chez M. Ferrand, sa fille s'y trouve : c'est un hasard fort naturel.

— Mais tu es un aveugle, mon pauvre Richard ! et c'est à moi de dessiller les yeux. Crois-moi, mon cher enfant, sans que tu t'en rendes compte, ce n'est ni la conversation d'humoriste de Ferrand, ni la bruyante gaieté de Lambert qui te charment, mais Angèle, rien qu'elle. Si tu ne l'as pas compris, c'est que jusqu'à présent les études sérieuses ont dominé la fougue de tes passions et que l'amour a pris peu de place dans ta vie. Tu as conservé, sans doute, une chasteté d'âme et d'esprit qui te fait t'abuser sur tes propres sentiments. Angèle, de son côté, comme une pure et sereine créature à qui les anges n'envoient que leurs plus suaves pensées, n'a point dû faire jaillir la lumière dans le chaos de tes impressions secrètes. Vous croyez tous les deux que l'amitié vous lie...

— Oui, l'amitié seule.

— Enfant! l'amitié entre un homme de ton

âge et une jeune fille de celui d'Angèle, c'est de
l'amour, sois-en sûr.

— Hélas! murmura Richard.

— Voyons, mon cher innocent, continua Henri
d'un ton paternel, je vais faire le contraire de ce
qui se passe dans les comédies, où ordinairement
c'est le fils qui vante au héros les trésors de
l'amour et lui dépeint ses enivrantes féeries.
Ne trouves-tu pas qu'Angèle soit une belle et
charmante créature?

— Je le trouve... comme tout le monde.

— Bien. Mais connais-tu, à part Marguerite,
une seule femme ayant un esprit plus délicat,
une franchise plus complète, une simplicité plus
attrayante? et as-tu songé à l'immensité des trésors
d'affection et de tendresse que l'amour partagé fera
éclore dans cette pure, simple et belle créature?

— Je les comprends, répondit Richard vaincu
par l'évidence.

— Et tu n'es pas amoureux fou d'elle? reprit
Renaud. Mais, ah çà! quelle introuvable perfec-
tion espères-tu donc rencontrer?

— Aucune.

Renaud sentit de nouveau un vague soupçon
traverser son esprit, et il s'écria :

— Richard, tu me trompes. Tu aimes quelqu'un, et puisque tu n'en conviens pas, c'est que tu rougis de cet amour.

— Mon père, je vous jure...

— Point de faux serment! interrompit Henri avec véhémence. Elle est donc bien méprisable celle qui remplit ton cœur, pour que tu n'oses me la nommer?

— Ah! ne l'insultez pas, s'écria Richard en s'oubliant malgré lui, elle a droit à tous les respects.

— Quelle est cette femme?

— A quoi bon vous le dire? répondit le jeune homme, dont le trouble était extrême, mais qu'un pieux mensonge vint sauver dans ce moment terrible. Elle est morte.

— Morte !

— Oui, morte... pour moi du moins, se dit Richard.

Puis répondant à l'exclamation d'Henri :

— Ne m'en demande pas davantage, mon père.

— Je te comprends, reprit Henri d'un ton affectueux. Cette mort fut donc une expiation?

— Oui, balbutia le jeune homme.

— C'est cet amour fatal qui t'a tellement
absorbé que pendant quatre mois, durant ton
absence, tu m'as laissé sans nouvelles.

— Pardonne-moi, je n'étais pas à Rome.

— Tu étais près d'elle?

— Oui, c'est cela.

— Mais, fit Renaud, après avoir profondément réfléchi pendant quelques instants, as-tu
promis à cette coupable de lui rester fidèle
même au delà de la tombe?

— Non, mon père.

— Eh bien alors, Richard, il faut épouser
Angèle, et de là-haut celle qui n'est plus, si
elle t'a véritablement aimé, sourira à ton bonheur; car sais-tu ce que souvent je pense, cher
enfant, lorsque j'analyse la somme immense de
félicité que le sort a déversée sur ma tête, du
jour où j'ai rencontré Marguerite : c'est que ce
jour-là, me voyant loin de toi, seul, jeune
encore, ayant besoin, dans la vie, de grouper
dans mon cœur tous les sentiments grands et
purs, ta mère, ta sainte mère, ma pauvre Geneviève, priait Dieu pour mon bonheur. Va,
crois-moi, la jalousie meurt dans une âme
noble au delà de la tombe. Des sphères éternel-

les, lumineuse et sereine, sa tâche divine est de
protéger celui qu'elle a aimé ici-bas, et quand
un second amour touche le cœur dans lequel
elle a régné femme, loin d'être blessée, l'âme
sublime, épurée sourit au réveil de ce cœur en
y voyant éclore cet amour nouveau, consola-
teur et loyal !

— Mais épouser Angèle sans l'aimer d'a-
mour ! objecta Richard, qui se sentait ébranlé
malgré lui par les éloquentes paroles de son
père.

— L'amour viendra, s'il n'est déjà venu, car
l'amour fait éclore l'amour, et Angèle t'aime.
Et d'ailleurs, en jetant les yeux sur Marguerite
et sur moi, la vue de notre bonheur te servira
d'exemple, car c'est plus qu'une affection que
je lui ai vouée, tu le sais, c'est un culte !

Richard avait déjà voulu mettre un monde
entre Marguerite et lui. Pour la première fois
il se dit qu'un mariage les séparait définitivement et d'une manière plus certaine que ne
pourrait le faire la plus énorme distance.

— Voyons, Richard, poursuivait Henri, sois
heureux malgré toi s'il le faut ; mais, pour ton
propre bonheur, ne me résiste pas !

— C'est en effet mon unique planche de salut, se dit le jeune homme.

— Tu ne réponds pas, tu hésites encore ?

— Non, répondit Richard d'un ton résolu, j'épouserai Angèle, mon père. Fais prévenir le notaire.

— A la bonne heure. Va la rejoindre, Richard, mais ne lui dis rien encore et prie Ferrand de venir me trouver ici, car il faut avant tout que je lui parle.

— J'y cours, fit Richard.

Et s'élançant dans le jardin, jetant un regard résolu sur les croisées de Marguerite, il s'écria :

— Oh ! je ne veux plus l'aimer !

X

Lorsque, quelques instants après cette scène, Richard pénétra dans l'atelier de Ferrand, celui-ci s'y trouvait seul avec Lambert ; Angèle était sortie avec Ursule pour faire quelques acquisitions.

Richard était dans un de ces états de surexcitation morale qui ne font supporter aucun retard.

Résolu à rompre complétement avec le passé, par son mariage avec Angèle, il prit Ferrand à l'écart et lui dit d'un air mystérieux et agité que son père voulait lui parler tout de suite.

L'émotion de Richard était si visible que le vieux peintre, tout maussade d'être interrompu dans sa chère besogne, quitta brusquement l'atelier et gagna la villa Renaud, tenant encore sa palette et ses pinceaux dans les doigts.

— Eh bien ! ne vous gênez pas, monsieur mon·neveu, dit-il en entrant ; me déranger lorsque je travaille.

— Pardon, Ferrand, cinq minutes seulement.

— Ces architectes, poursuivit le peintre en maugréant, ils croient qu'on peut interrompre aussi impunément un coup de pinceau qu'un coup de crayon. N'importe ! me voilà. Prenez vos cinq minutes, mon cher, car la façon dont votre fils m'a prié de venir vous voir immédiatement, m'annonçait une communication grave.

— Grave, en effet, reprit Henri, mais heureuse surtout. Vous ne devinez pas ?

— Nullement.

— Vrai ?

— Je vous le jure.

— Père, va !

— Il s'agit donc de ma fille ?

— Eh ! oui.

— Et de Richard ?

— Précisément, mon oncle, puisque vous m'appelez votre neveu. Voulez-vous devenir le beau-père de mon fils ?

15

— Que dites-vous, Renaud?

— Que ce que je souhaitais, que ce que vous-même deviez désirer aussi est arrivé, qu'enfin Richard aime Angèle et que je vous demande sa main pour lui.

Ferrand devint rayonnant.

— Et si je répondais non, pourtant? fit-il.

— Je dirais que vous êtes fou.

— Et moi... j'en serais sûr... Aussi dis-je oui, cent fois oui.

— C'est bien ; retournez à votre toile.

— Je pense bien à elle en ce moment !

— C'est bon, fit Henri en riant; vous partagez ma joie: cela devait être. Mais les cinq minutes que je vous ai demandées sont écoulées, et je ne veux pas retarder d'une seconde l'éclosion de votre nouveau chef-d'œuvre. Puis, il faut que j'aille à Paris prier mon notaire, maître Duménil de se rendre ici pour le contrat.

— Déjà !

— Y voyez-vous un inconvénient ?

— Aucun.

— Fort bien. Maintenant, puisque vous semblez disposé à m'accorder encore quelques instants, causons affaires. Vous donnez à votre fille cent mille francs de dot?

— Non, cent cinquante, puisqu'elle épouse Richard. C'est ce que vous a apporté Marguerite : je travaillerai pour combler le déficit de nos finances.

— Mais je n'admets pas du tout cela.

— Moi, je veux doter ainsi ma fille.

Le procédé généreux du père d'Angèle touchait Renaud au plus haut point; néanmoins il crut de son devoir de ne point accepter le sacrifice que le peintre voulait s'imposer.

— Permettez-moi, mon cher Ferrand, de vous faire une petite observation, reprit-il. La part de Richard sera assez belle pour qu'il n'ait pas besoin de vous priver de rien ; car je lui abandonne dès aujourd'hui la moitié de mes travaux.

— Vous faites votre devoir, mon ami, laissez-moi faire le mien. Je tiens aux cent cinquante mille francs.

— Entêté !

— Eh ! mon neveu, je suis en âge de savoir ce que j'ai à faire ; et, du reste, j'ai bien le droit de me ruiner pour mon enfant, il me semble.

— A votre aise, père prodigue, reprit Henri en riant ; mettez-vous sur la paille.

— Pour ma fille !... et pourquoi pas ? Mais j'y pense, dit Ferrand en changeant de ton. Je vais aller à Paris avec vous.

— A quoi bon vous déranger aussi ?

— Mais à prier deux ou trois vieux camarades de venir signer au contrat de nos enfants ; c'est indispensable cela, me semble-t-il.

— C'est juste, dit Henri, je n'y songeais pas. O la famille ! sublime et divin égoïste, qui vous isole du monde, au milieu de l'humanité entière.

Puis il reprit :

— De mon côté, je ferai quelques invitations ! Oh ! le moins possible.

— Bien entendu. Au diable les indifférents ! Je cours déposer ma palette, prendre mon chapeau et je viens vous chercher, dit Ferrand en se dirigeant vers la porte.

— Fort bien, mais encore un mot. N'avez-vous pas reçu de visite ce matin ? aucun étranger s'est-il présenté chez vous aujourd'hui ?

— Aucun, répondit Ferrand. Mais, ah çà, mon cher, pourquoi diable, depuis trois mois,

m'adressez-vous la même question presque chaque jour?

— Pour rien... Dépêchez-vous, mon ami.

— Je suis à vous à l'instant.

Et Ferrand se hâta de regagner sa demeure
pour déposer sa palette et ses pinceaux et, après
avoir serré la main de Richard avec effusion,
il s'apprêta à accompagner Renaud à Paris.

— Allons, fit Henri, lorsque le père d'Angèle
l'eut quitté, mes prévisions se réalisent. Ce
Stephano aura appris le mariage de Marguerite,
et, comme je le pressentais, se croyant trahi
par elle, sera retourné dans son pays. Tant
mieux et tant pis; car, je l'avoue, je n'aurais
pas été fâché de voir la figure de cet homme.

Cette réflexion répondait à une constante
préoccupation qui, sans être fort vive, n'avait
quitté que bien rarement Renaud depuis l'instant où Marguerite lui avait fait le récit de ce
qui s'était passé entre Stephano et elle.

En cet instant, Marguerite entra dans la serre
afin d'y travailler, ainsi qu'elle avait coutume
de le faire quotidiennement à cette heure-là.

Henri venait de demander au domestique sa
canne et son chapeau.

Celui-ci les lui apporta.

— Vous allez donc sortir, mon ami? demanda Marguerite à son mari.

— Pour une heure seulement, ma chère amie; je vais à Paris, répondit-il.

— Renaud, êtes-vous prêt? demanda Ferrand, qui revint en ce moment accompagné de Richard.

— Eh quoi! vous allez donc également à Paris, mon oncle?

— Oui, ma chère Marguerite.

— Mais que se passe-t-il donc ?

Henri allait parler.

Richard fit un mouvement.

Ferrand passant entre sa nièce et Renaud, entraîna ce dernier à l'écart.

— Ne dites rien à votre femme du grand projet, mon ami, je vous en prie, lui dit-il à voix basse.

— Et pourquoi?

— Je viens de promettre à Richard de laisser à Angèle le plaisir de tout apprendre elle-même à Marguerite.

— Eh bien? fit la jeune femme en s'adressant à son mari.

Richard se mit à trembler.

— Plus tard, ma bonne amie, reprit Renaud avec un sourire; et si tu n'as pas le courage d'attendre jusque-là, ma chère curieuse, interroge Angèle.

— Angèle? répéta Marguerite d'un ton intrigué.

— Oui, fit Ferrand... Renaud, dépêchons-nous! ajouta-t-il; nous allons manquer le train.

— Je vais vous accompagner jusqu'à la gare, dit Richard à Henri, afin de ne pas rester seul avec sa belle-mère.

— C'est cela! s'écria Ferrand. Venez, mon cher Richard.

— Du tout, reprit Henri; reste près de ma femme.

Et, comme son fils semblait hésiter :

— Je le veux, ajouta-t-il d'un ton sérieux. A tantôt, ma chère, à tantôt!

Richard n'osa point résister à son père; mais lorsqu'il se trouva seul avec Marguerite, sous l'empire d'une émotion irrésistible, il se dirigea vers l'escalier qui menait au salon.

La jeune femme, qui avait suivi ses moindres gestes, le rappela.

— Monsieur Richard, de grâce, restez !

— Mais...

— Je vous en prie... Il faut que je vous parle.

Cette supplication inattendue fit hésiter Richard pendant quelques secondes.

Pour la première fois, depuis son retour, il allait se trouver seul avec Marguerite ; et non-seulement ce tête-à-tête lui était imposé par son père, mais celle dont il avait juré de s'éloigner constamment, et dont son prochain mariage avec Angèle allait le séparer plus encore, la retenait elle-même.

Un secret instinct lui révéla un danger dont la pensée seule le faisait trembler, et malgré le désir que venait de formuler la jeune femme, il allait quitter la place sans lui répondre lorsque Ursule entra dans la serre.

— Ah ! Ursule, fit-il à part lui, c'est le ciel qui l'envoie.

La contrainte qui régnait entre Richard et Marguerite avait augmenté les tourments de cette dernière.

Depuis plusieurs jours déjà, en proie à un chagrin profond et caché, elle cherchait l'occasion d'aborder avec Richard la brûlante question du passé, afin de reconquérir, dans son cœur, l'estime que la froideur et le constant éloignement du jeune homme ne lui montraient que trop qu'elle avait perdue, à ce qu'elle croyait.

C'est pourquoi, profitant de la circonstance propice qui se présentait, elle avait pris soudain la résolution de se justifier, afin que Richard ne pût accuser désormais que la destinée.

— Mais monsieur va se faire mal, s'il court ainsi! dit en entrant Ursule. M. Ferrand a peine à le suivre... Ah! ensemble!... ajouta-t-elle en apercevant Richard et Marguerite. Quel bonheur! mes pressentiments ne me trompaient pas, Richard est trop bon et trop loyal pour qu'il lui vienne seulement à la pensée de ne point avoir pour la femme de son père l'amitié et le dévouement d'un fils.

— Eh bien, madame? fit Richard à Marguerite.

— Nous ne sommes plus seuls; mais n'importe, répondit-elle, je baisserai la voix.

Disant ces mots, elle fit signe à Richard de se

15.

réinstaller à la table de travail, et, transportant son métier auprès de lui, elle s'assit à quelques pas de sa chaise.

— Les voilà l'un près de l'autre, se dit Ursule. À la bonne heure !

Puis, s'approchant :

— Vous allez bien travailler tous les deux, paraît-il ? ajouta-t-elle.

— Oui, ma bonne Ursule, fit Richard, oui.

Et s'adressant à la jeune femme en baissant un peu la voix, il lui dit d'un ton glacial :

— Je vous écoute, madame.

Tandis que la conversation commençait ainsi entre madame Renaud et son beau-fils, Ursule, tout en ne les perdant point des yeux, s'écartant de quelques pas se mit à écheniller, avec un soin extrême, les plantes de la serre.

Marguerite ne répondit pas d'abord à Richard.

Celui-ci répéta les paroles qu'il venait de prononcer avec autant de froideur que la première fois.

— Oh ! ne prenez pas ce ton rigide, je vous en conjure ! fit alors Marguerite ; car, malgré ma résolution, il arrêterait chaque parole sur mes lèvres, et je vous dois une explication.

— A quoi bon? répliqua Richard, je ne vous
en demande pas.

— Oh! je le sais, vous me fuyez même; mais
je ne puis, je ne veux pas supporter plus longtemps vos muets reproches, car je ne les mérite pas.

— Je ne vous en adresse point, je vous le
jure, j'oublie!

— Mais moi, je me souviens, Stephano, et
lorsque je surprends la tristesse sur votre front,
le remords pénètre dans mon cœur. Je vous dois
la vie et je vous ai trahi.

— Vous vous jugez sévèrement. madame.

— Votre façon d'agir avec moi ne m'accuse-
t-elle pas davantage que je ne le fais moi-même?

— Que voulez-vous de moi? demanda Richard d'un ton désespéré.

— Que vous me pardonniez, répondit sincè-
rement Marguerite ; car votre pardon seul peut
rétablir le calme dans mon âme.

Toute la lutte étrange à laquelle, sans faillir
un seul instant aux plus stricts de ses devoirs, Marguerite s'était livrée depuis le retour de Richard, était résumée dans ces paroles.

— Si mon cœur désespéré vous l'a refusé longtemps, ce pardon que vous me demandez, reprit Richard, ma raison vous l'a accordé tout de suite, madame. Vous n'êtes pas coupable : le hasard seul a tout fait, je le sais, et je ne puis accuser que le destin.

—Oh ! c'est bien vrai ! s'écria la jeune femme, sans oser faire un geste, afin qu'Ursule ne pût soupçonner ce qui se passait. Et pourtant, sous ce toit qui nous abrite, dans cette maison où le devoir et l'affection nous forcent à demeurer tous les deux, nous vivons plus étrangers l'un à l'autre que si l'Océan nous séparait.

Tout ceci avait été prononcé assez bas pour qu'Ursule ne pût en saisir une syllabe. Désireuse de connaître pourtant dans quels termes Richard et Marguerite se trouvaient vis-à-vis l'un de l'autre, la vieille bonne avait vainement prêté l'oreille à leurs discours, tout en feignant d'être absorbée entièrement par le méticuleux travail qu'elle avait commencé.

— Que disent-ils donc? fit-elle ; je n'entends rien.

Richard n'avait point immédiatement répondu à la jeune femme.

Sous l'empire de réflexions nombreuses et poignantes, il avait laissé tomber sa tête sur sa poitrine en fixant d'un œil distrait le canevas de la broderie de Marguerite.

— Que voulez-vous, fit-il au bout d'un moment, il y a des abîmes plus larges et plus profonds que les mers! L'un d'eux s'est creusé entre nous; ne cherchons pas à le franchir.

— Vous le voyez bien, répliqua madame Renaud d'une voix altérée, vous êtes implacable!

Richard se redressa.

— J'ai fait pendant une année un rêve de bonheur dont la réalisation était considérée par moi comme le paradis sur la terre, reprit-il. De semblables coups font au cœur de si larges blessures, qu'il faut, à une volonté puissante, le secours d'un long espace de temps pour qu'elles se cicatrisent.

— Je vous ai pleuré, moi, et mes plus chaudes larmes ont arrosé votre mémoire!

Richard allait répliquer, mais Ursule se dressa entre Marguerite et lui.

— Nous ne voulons pas le croire? dit en souriant la sourde. Ah! madame, vous avez tort: M. Richard n'a jamais menti.

—Tu n'as pas compris, Ursule, lui dit le jeune homme avec une certaine impatience.

— Ah ! pardon, fit la vieille bonne, causez, causez.

Et s'éloignant elle se remit au travail.

Richard reprit la conversation au point où Marguerite venait de la laisser.

— Vous m'avez pleuré, madame ? merci ! dit-il : mais écoutez le récit de mes tortures, et vous jugerez ensuite qui de nous deux est le plus à plaindre. Quand, après avoir été laissé pour mort, je fus transporté évanoui, par mes compagnons, à l'ambulance, lorsque je revins à moi, huit jours s'étaient écoulés. Je ne pouvais me mouvoir, mais ma pensée se réveillait, et avec elle mon a... mon attention pour vous. Nous étions vainqueurs; mon premier soin fut de prier un camarade de se rendre à la villa pour savoir de vos nouvelles. Vous dire avec quelle anxiété j'attendis son retour, est impossible. Enfin il revint. « Elle est vivante? » lui criai-je. « Je ne sais, me répondit-il, la villa est déserte, et nul n'a pu me dire ce que ses habitants sont devenus. » Comprenez-vous la douleur que dut me causer cette réponse ? Aviez-

vous fui? Aviez-vous été tuée? Vaines questions! Rien ne venait diminuer l'angoisse qui
redoublait ma fièvre et faisait apparaître dans
mon esprit troublé les tableaux les plus divers,
dont vous étiez toujours le principal person-
nage. Quatre mois se passèrent ainsi et chacune
de leurs secondes fut un regret ou une douleur
pour moi. Enfin, je pus quitter mon lit, marcher, sortir. Dieu m'avait sauvé. Pour qui? je
me le demande encore.

— Mais pour votre père, Richard.

— C'est vrai, pour mon père. Je me rendis à
la villa : elle était habitée par des Anglais qui
ignoraient même votre nom.

Une seconde fois Ursule interrompit cette
conversation douloureuse, et, comme seul le
dernier mot articulé par Richard avait été entendu par elle :

— Non, répéta-t-elle. Ah! c'est mal, monsieur Richard, il faut toujours dire oui à madame Marguerite.

Ce fut au tour de madame Renaud d'écarter
de nouveau Ursule.

— C'est ce qu'il fait, lui dit-elle.

— Ah! excusez-moi, j'avais mal entendu, j'ai

l'oreille un peu dure aujourd'hui. Excusez-moi,
répéta-t-elle en s'éloignant.

Richard reprit :

— J'avais juré de vous retrouver, ou de
mourir si vous n'étiez plus. Les obstacles re-
doublèrent mon courage ; mais, hélas ! toutes
mes tentatives restèrent vaines. Enfin, j'appris
que vous viviez, et, par une étrange raillerie de
la destinée, cette nouvelle m'arriva le jour
même où me parvint la lettre de mon père qui
m'annonçait son mariage. Je souriais de loin
à son bonheur, sans soupçonner que sa joie
était causée par l'écroulement de tous mes rêves
d'avenir. — Ils sont partis, m'avait-on dit. Je
regagnai Rome, où m'appelait mon devoir ; je
me liai avec les peintres. Les uns ne connaissaient M. Ferrand que de réputation ; d'autres
savaient qu'après avoir quitté Orléans il était
entré à Paris ; enfin le dernier dont je fis la
connaissance me révéla le lieu de votre retraite ;
vous savez le reste.

— Je vous plains, Richard : c'est tout ce que
je puis faire.

— En effet, reprit le jeune homme avec un
sourire amer, je n'ai plus droit qu'à votre pitié.

— Ah! ne croyez pas cela! mon cœur serait
méprisable et lâche si, malgré notre situation
étrange, il ne vous restait pas ouvert. Ne me
haïssez pas, Richard, je vous en conjure; votre
haine me fait mal.

— Mais ce n'est point de la haine que j'ai
pour vous; je vous ai trop aimée pour cela.

— Oh! plus bas, malheureux!

— Je me tais, et c'est la dernière fois que je
fais allusion à cet amour si grand, si pur, si
noble, qu'illuminait mon âme et que votre fatale erreur a rendu criminel et terrible.

— J'ai droit à votre affection, rien de plus;
mais j'y ai droit, et je la veux!

— Je donnerais mon âme pour vous épargner
une larme.

— Alors pourquoi, depuis trois mois, m'avez-
vous tant fait pleurer?

— C'était donc vrai! s'écria Richard, en se
rappelant la conversation qu'il avait surprise
le matin même entre Joseph et Ursule.

— Oui, pleurer! reprit Marguerite, seule
dans ma chambre; cachant à tous les yeux mon
désespoir; car comment l'expliquer? Et pourtant, si je pleurais ainsi, ce n'est que parce

que je croyais être injustement accusée par vous.

— Oh ! pardonnez-moi ! fit Richard en se levant.

Marguerite l'imita.

— Voici ma main ; c'est celle d'une amie, d'une sœur, dit-elle.

Richard s'empara de la main de la jeune femme, et la serrant entre les siennes :

— Oui, d'une sœur, répéta-t-il, d'une sœur chérie, vénérée, d'une idole pour laquelle on brûle au fond de tout ce qu'on a de bon en soi le plus pur encens de son âme et de son cœur ; d'un ange ! poursuivit-il en s'exaltant au fur et à mesure qu'il parlait, les regards fixés sur ceux de Marguerite ; d'un ange dont la vue vous réjouit, dont l'affection vous protége. C'est ainsi que je vous vis d'abord, à Coulmiers, avant ce serment que vous m'avez librement fait. J'étais, comme en ce moment, près de vous ; votre main était dans la mienne, comme à présent...

L'extrême émotion de Richard gagna la jeune femme.

— Richard ! murmura-t-elle.

— Vos yeux me regardaient comme ils font,

continua-t-il ; et lorsque ces paroles qui m'ou-
vraient le ciel sortirent de vos lèvres, transporté,
ébloui, enivré, fou de joie, je m'agenouillai sub-
jugué devant vous, en murmurant d'une voix
émue : « Marguerite ! ma chère Marguerite ! Ah !
comme je vous aime ! »

Sans se rendre compte de ce qu'il faisait, sans que la jeune femme songeât à s'y
opposer, Richard avait joint le geste aux paroles, et lorsqu'il se fut agenouillé près de Marguerite, il l'embrassait d'un regard d'adoration.

Pendant une seconde, tous les deux oubliè-
rent le monde entier, et leurs yeux, dardés les
uns sur les autres, les firent mutuellement lire
jusqu'au fond de leur âme ; mais cet instant, je
le répète, ne fut qu'un éclair de folie.

Tout à coup Richard tressaillit, et poussant
un cri :

— Ah ! Ursule !...

Il se mit à parcourir la serre, après avoir
jeté un regard de terreur autour de lui.

Instinctivement, Marguerite avait caché son
visage dans ses mains.

Lorsque Richard eut acquis la conviction
qu'il était bien seul avec elle, et qu'Ursule avait

quitté la serre depuis longtemps, sans qu'ils
l'eussent remarqué, il se laissa tomber dans un
fauteuil en s'écriant :

— Oh ! misérable insensé que je suis !

Ce cri fit naître un remords chez Marguerite,
qui, levant ses mains jointes, murmura pieusement :

— Mon Dieu ! pardonnez-moi !

Ils restèrent tous deux anéantis et gardant
le silence pendant un temps assez long; puis un
bruit de pas se fit entendre.

Richard se retourna, et vit paraître Angèle
au haut de l'escalier de la serre.

— Elle ! se dit-il avec effroi. Oh ! Je l'avais
oubliée !

Mademoiselle Ferrand était radieuse.

A son retour, son père avait appris la demande de Richard, et le bonheur qu'elle avait
éprouvé à cette nouvelle espérée, quoique inattendue, avait été si grand, qu'elle s'était sauvée
dans sa chambre pendant plus de deux heures,
afin de se remettre de son émotion, tout en
savourant à loisir les délices.

Elle s'avança souriante et légère vers le
jeune homme, et lui dit :

— Vous ne partirez donc pas, monsieur? Oh !
Richard, que je suis heureuse!

Puis s'adressant à Marguerite, Angèle ajouta :

— Il t'a tout dit, n'est-ce pas?

— Angèle! fit Richard en s'élançant vers
elle, afin de l'empêcher de parler.

— Avoue-le moi, poursuivit la jeune fille
en s'adressant à Marguerite, sans remarquer
l'émotion de son fiancé ; je lui pardonne, quoique j'eusse voulu t'apprendre moi-même la
grande nouvelle.

— Laquelle? demanda Marguerite.

Richard devint livide.

Il lui sembla qu'il venait de commettre une
lâcheté.

— Mais celle de notre mariage !... Cher Richard ! repondit Angèle, dont chaque parole
s'enfonçait comme un poignard dans le cœur
du jeune homme.

Marguerite s'attendait si peu à une telle révélation, que la surprise et l'émotion la firent
se laisser choir sur un siége en murmurant :

— Oui, je la savais...

Angèle se mit à genoux devant elle et s'écria :

— Embrasse-moi donc ! j'ai besoin de caresses. Ne vois-tu pas que le bonheur m'étouffe !

— Que devenir? se demanda Richard. Que peut-elle penser de moi?... Et pourtant, Dieu m'est témoin que je ne l'ai pas trahie.

— Une larme... tu pleures ! fit tout à coup Angèle.

En effet, sous l'empire d'une émotion invincible, Marguerite venait de laisser tomber une larme sur la joue de sa cousine.

— C'est de joie ! répondit-elle en tâchant de sourire.

Richard sentit sa raison l'abandonner, et il courba la tête, comme si la main de la fatalité elle-même l'eût forcé à la baisser sur sa poitrine.

— Je ne l'épouserai pas ! dit-il.

Cette résolution si prompte était le résultat d'un trouble qu'il importe de définir. L'émotion de Marguerite en était une des causes, mais la larme tombée de ses yeux sur le visage d'Angèle n'était point le principal motif du retour inopiné que Richard faisait sur lui-même malgré l'engagement formel qu'il avait pris vis-à-vis de son père ainsi qu'envers Ferrand et sa fille.

L'accent avec lequel cette dernière avait engagé sa cousine à poser ses lèvres sur son visage, accent d'une émotion remplie de tendresse, avait été droit au cœur de Richard.

Angèle l'aimait trop, lui semblait-il, pour qu'il fît d'elle la compagne de sa vie, alors qu'une véritable fièvre l'attirait vers la seule femme qu'il ne pouvait aimer sans se dire que cette passion fatale le rendait le plus criminel des hommes.

De plus, Marguerite avait pleuré.

Pouvait-il, après cette larme, s'unir à Angèle, vivre sous les yeux de celle qui la première avait fait battre son cœur, en prodiguant à une autre son amour et ses soins?

La larme de Marguerite était une sympathie tout au moins, un regret peut-être !

La pensée de Richard n'alla pas au delà; mais il se sentit tressaillir en proie à une émotion si violente, qu'il sembla que tout son sang refluait vers son cœur.

Il se dirigea vers la porte.

Au moment où il allait en franchir le seuil, Renaud parut.

— Me voilà de retour ! dit-il.

Puis, arrêtant Richard au passage:

— Le notaire sera ici dès ce soir, ajouta-t-il.

— Déjà ! pensa Richard ; et s'efforçant d'être calme :

— Bien, mon père, répondit-il.

Aussitôt il gagna le jardin.

Renaud s'étant débarrassé de sa canne et de son chapeau, qu'il déposa sur un meuble, s'approcha alors d'Angèle.

— La confidence est-elle faite ? demanda-t-il.

— Oui, Marguerite sait tout, mon cousin.

— Ton père, chère enfant ! rectifia Renaud.

Depuis l'entrée de son mari, Marguerite s'étant levée, s'efforçait de dominer l'émotion à laquelle l'avait soumise l'explication qu'elle venait d'avoir avec Stephano.

Henri lui dit :

— Nous dînerons à six heures précises, le plus gaîment possible, c'est indispensable, et à neuf heures signature du contrat chez vous, voilà le programme, ajouta-t-il, en s'adressant de nouveau à Angèle, sans remarquer le trouble de Marguerite, qui ainsi put garder le silence.

— Il est charmant ! approuva la jeune fille.

— N'est-ce pas ? reprit Henri. Puis, changeant de ton :

— Savez-vous, mademoiselle, que votre père

se ruine pour vous! continua-t-il. Mon fils va vous trouver trop riche.

Angèle lui répondit par un sourire rempli de malice, et lui tenant la main :

— La charité, s'il vous plaît ! demanda-t-elle.

Cette boutade en méritait une autre.

— On vous a déjà donné ce matin, répliqua Renaud en riant.

Marguerite avait gagné la croisée qui se trouvait ouverte.

Une brise légère et parfumée l'avait aidée à reprendre son calme.

Angèle alla vers elle :

— Veux-tu que nous allions surveiller les apprêts? proposa-t-elle.

— Volontiers, répondit Marguerite, qui ne demandait qu'un prétexte plausible pour quitter la place.

— C'est cela, reprit Renaud, et faites pour le mieux. Je veux un vrai festin ce soir; car, moi aussi, mignonne, je suis heureux de vous voir épouser Richard.

Disant ces mots, il embrassa Angèle et Marguerite, qui se dirigèrent aussitôt vers l'office,

16

où Ursule surveillait les allées et venues des autres domestiques.

Resté seul, Henri chercha vainement Richard, et ne le voyant pas dans le jardin, il se mit à la lecture d'un journal qu'il avait acheté à la gare Saint-Lazare, au moment de reprendre le train de Chatou.

Le retour de Ferrand interrompit bientôt cette occupation.

Le brave homme, l'air radieux, entra dans le salon de la villa, portant deux énormes bouquets dont il avait fait l'acquisition boulevard des Capucines.

— Ah! c'est vous ! qu'êtes-vous donc devenu ? lui dit Renaud; je vous ai attendu à la gare: vous n'avez donc pas manqué le train?

— Non; mais je suis arrivé au dernier moment, la bouquetière n'en finissait pas.

— Comment, vous apportez des fleurs à la campagne!

— Vos serres n'en produisent pas de pareilles, répliqua Ferrand sans se laisser démonter par cette juste observation.

Et pour appuyer son dire :

— Sont-ils beaux, mes bouquets? ajouta-t-il.

— Oh ! superbes, je le reconnais.

— A la bonne heure !

Sur ces mots, Ferrand déposa ses bouquets sur la table, en tirant un écrin de sa poche ; après l'avoir ouvert, il le présenta à Henri en lui disant :

— Et ceci, mon neveu ?

Sur leur lit de velours pourpre, resplendissantes d'éclat, deux dormeuses énormes s'offraient aux regards de l'architecte.

— Des diamants !

— Oui, mon ami, des diamants de premier choix ; rien que cela, des diamants pour madame Richard Renaud. Je les ajouterai à la corbeille.

— Est-ce tout au moins, prodigue ?

— Non, répliqua Ferrand avec un sourire radieux, en tirant de la poche de sa redingote un pli grand format cacheté ; et voici le bouquet de mes bouquets.

— Qu'est-ce cela ?

— Vous ne devineriez jamais.

— Parlez, alors ; qu'est-ce ?

— Un brevet ! mon cher ami.

— Un brevet, répéta Henri sans comprendre.

—– Un brevet de chevalier de la Légion d'honneur.

Henri était officier depuis cinq ans, Ferrand depuis quinze.

— Un brevet adressé à... Mais non, lisez vous-même.

Et le peintre tendit le pli à Renaud.

A peine eut-il jeté les yeux sur la suscription, que ce dernier s'écria avec une surprise bien compréhensible :

— A mon fils ?

— Oui, à votre fils. Mon gendre est nommé ; vous lui remettrez ce brevet devant tous, à la signature du contrat ce soir. J'ai voulu vous ménager la joie de vous acquitter vous-même de ce joyeux message. Commencez-vous à comprendre ?

— Non. Comment, Richard ?

— Que vous importe ? Est-ce qu'il ne mérite pas toutes les distinctions du monde, ce cher enfant ?

— Mais expliquez-moi comment ce brevet...

—– Est entre mes mains ? interrompit Renaud ; rien n'est plus simple. J'étais allé à la chancellerie pour inviter mon vieil ami le général à

assister ce soir à la signature du contrat de nos
enfants; ce brevet allait partir. Apprenant que
Richard devenait mon gendre, il a bien voulu
commettre une petite irrégularité en ma faveur
en me le remettant; je ne lui en ai pas demandé
davantage, car vous m'attendiez, et je devais
encore passer chez l'orfévre et chez la fleuriste.
Et d'ailleurs, lorsque les alouettes me tombent
toutes rôties, je ne demande pas pourquoi elles
sont dans mon assiette.

— Et vous avez raison. Venez diner.

— Un instant; j'ai quelques ordres à donner
au chalet pour la réception de ce soir.

— C'est juste. Allez-y vite.

— J'y cours et je reviens avec Lambert.

— Allez, je vous attends.

Dès qu'il fut seul, Renaud s'abandonna à la
surprise bien naturelle que la remise du brevet
avait provoquée en lui.

— Un brevet pour Richard, se dit-il. Voyons
donc quel chef-d'œuvre a créé ce cher enfant
sans me le dire.

Et aussitôt il brisa le cachet rouge sur lequel
l'empreinte officielle avait marqué la provenance
de ce pli précieux.

16.

Les mots suivant tombèrent sous ses yeux :

« Le grand chancelier de la Légion d'hon-
» neur confère à M. Richard Renaud, pour
» sa belle conduite pendant la guerre, dont
» notamment à la bataille de Coulmiers, où,
» sous le nom de Stephano.... »

Renaud s'arrêta sans comprendre encore.

— Stephano! répéta-t-il.

Un éclair traversa sa pensée.

— Grand Dieu !

Et pendant quelques secondes il demeura immobile, foudroyé; puis, recouvrant la force de penser, force qui pendant le court espace que nous venons de signaler l'avait complément abandonné :

— Non, c'est impossible, reprit-il, Stephano!... Richard et Stephano ne seraient donc... Ah ! je comprends, mon rival, ce héros à qui Marguerite a juré... c'était lui ! Et il l'aime ! il aime ma femme ! Lui, mon fils mon sang, mon orgueil pour qui j'ai tant fait! Oh! le malheureux !

Au désespoir la colère succéda, colère jalouse, cruelle.

— Si je le chassais! pensa-t-il.

Mais un revirement s'opéra.

— Non, non, pas cela ! ce serait horrible.

La douleur du mari égalait celle du père.

— Mais elle, Marguerite, continua Renaud, elle l'a aimé, elle l'aime encore peut-être ? Ah ! ce que je souffre est horrible ! Que faire, que résoudre ? Mon Dieu, donnez-moi le courage... Mon fils, c'est mon fils !

Et, fou de chagrin, Henri se laissa tomber dans un fauteuil !...

XI

Pendant que, foudroyé par la découverte qu'il venait de faire, Renaud s'abandonnait au plus affreux désespoir qui puisse jamais navrer le cœur d'un père, Richard, morne et sombre, errait sur la route qui mène à l'île de Croissy, en proie à une sourde émotion, non moins poignante que celle du mari de Marguerite.

Nous venons de désigner Henri ainsi, parce que, ainsi qu'on l'a vu, la jalousie le mordait au cœur; plus époux que père, cet homme excellent dont Marguerite et Richard étaient toute la vie, n'avait pu s'empêcher non pas même de douter de sa femme, il l'estimait justement bien trop pour cela, mais de ressentir une impression vague très-douloureuse qui sapait l'édifice de ses rêves les plus caressés. Ce père, modèle de dévouement et de paternel amour n'avait pu se défendre d'un sentiment de haine véritable contre son fils, son rival !

Henri ne savait quel parti prendre ; et quant à Richard, bien résolu à ne pas épouser Angèle, il ne savait encore comment il opérerait sa brusque rupture.

Quelques heures le séparaient à peine de l'instant où le notaire arriverait ainsi que les amis de Renaud et de Ferrand.

Serait-il encore là ? attendrait-il le dernier instant pour refuser la main d'Angèle, d'Angèle, ce cœur d'or, cette virginité tendre qui, loyale et pure, s'était pour ainsi dire offerte à lui, heureuse d'aimer et ayant foi dans sa loyauté ?

Cela était impossible.

L'important était que nul ne pût se douter de son projet.

Reconnaissant la nécessité absolue de cet état de choses, il regagna la villa Renaud, monta dans sa chambre et écrivit quelques lignes qu'il mit sous enveloppe sans adresse, mais qu'il cacheta avec un soin tout particulier.

La cloche se fit entendre.

Le dîner allait être servi.

Richard fit rapidement sa toilette, et quelques instants après, vêtu de noir et cravaté de blanc, il se donnait un dernier coup d'œil dans l'armoire à glace qui se trouvait dans sa chambre.

— Comme je suis pâle, se dit-il.

En effet, son visage s'était décoloré, ses yeux s'étaient cerclés de bistre, toute sa physionomie reflétait les nouvelles impressions qui déchiraient son cœur.

Il appela à lui tout son courage, s'efforça de redevenir plus calme, et au bout de quelques instants, ayant réussi à se faire un visage moins sinistre, il descendit et pénétra dans la salle à manger presque en même temps que Ferrand et Renaud ainsi que leurs invités.

Ursule avait fait mettre les petits plats dans les grands, et les meilleurs vins avaient, d'après son ordre, été pris dans la cave, afin de fêter dignement un aussi grand jour; néanmoins, malgré leur concours d'ordinaire si efficace, la gaîté ne vint pas présider au repas.

Le contraire était impossible, du reste, on doit aisément le comprendre.

De même que Richard, Renaud avait fait un
puissant effort sur lui-même pour dissimuler à
tous ses souffrances morales.

— Allons, à table ! heureux père, lui avait
dit Ferrand, en lui tapant sur l'épaule lorsqu'il
était revenu à la villa avec Lambert, comme il
l'avait annoncé.

— Heureux père ! avait répété Henri, et son
âme, solidement trempée, l'avait fait sortir
vainqueur en apparence de cette lutte horrible
du calme et de la douleur, bâillonnée, mais non
amoindrie. Henri se taisait en observant Richard à la dérobée. Quant à celui-ci, placé à
côté d'Angèle, il répondait à peine à la jeune
fille ; et loin d'en être offusquée, la naïve Angèle
attribuait la conduite de son fiancé à une
émotion dont son petit amour-propre féminin
était considérablement ravi.

Marguerite de son côté se ressentait des scènes
de la journée.

Ses nerfs obéissaient avec peine à sa volonté
qui voulait les contraindre à se détendre.

Tout à ses devoirs de maîtresse de maison,
elle trouvait dans leur accomplissement un moyen
naturel de cacher à tous l'agitation dont elle

n'était pas encore parvenue complétement à se rendre maîtresse.

Elle aussi était pâle, et cette pâleur seyait à ravir à son adorable visage; c'était comme un vernis de poésie passé par la souffrance sur ses beaux traits, et Henri en jetant les yeux sur elle, ne pouvait s'empêcher de tressaillir intérieurement en se disant :

— Dieu bon, Dieu juste, ah! faites que rien ne menace notre bonheur!

Ferrand, Lambert et les autres convives, qui étaient à cent lieues de soupçonner ce qui se passait, faisaient de vains efforts pour animer la conversation et lui donner une allure aussi gaie que le comportait la circonstance.

Néanmoins, personne ne remarqua le trouble des principaux personnages de ce récit, et ce fut avec un réel entrain que Ferrand, fort ému cependant, mais par le bonheur, lui, se levant, porta ce toast :

— A la santé de Richard, de mon fils!

La voix arriva à Ursule qui, aidée par Joseph le domestique de Richard préparait la table pour qu'on y pût prendre le café et les liqueurs, dans le petit salon à côté.

— Bravo, M. Ferrand, se dit-elle, il est aussi heureux que moi! Richard va répondre sans doute.

Et Ursule attendit.

La voix d'Henri se fit entendre à son tour:

— A la santé d'Angèle, de ma fille! dit-il avec gravité.

— A leur bonheur! lança Lambert.

— A leur bonheur! répéta-t-on.

— Allons, cela s'anime un peu, se dit Ursule.

Ces mots: à leur bonheur! avaient été répété par tout le monde.

Seul, Richard avait gardé le silence, mais Henri ne l'avait point remarqué, dans ce concert de souhaits, il n'avait distingué qu'une voix: celle de Marguerite, qui avait mis à prononcer ces trois mots un accent de vérité auquel personne, surtout Renaud, ne pouvait se méprendre.

En buvant au bonheur de Richard et d'Angèle, en célébrant leur union, en trinquant aux futurs époux, Marguerite devait, non pas rassurer Henri en ce qui le concernait, aucun doute sur elle ne pouvait prendre réellement corps dans l'esprit de Renaud, mais apporter

17

un calme relatif à son âme désolée et rendre à son jugement toute sa droiture et sa plénitude de force et d'appréciation.

— Richard va répondre sans doute, s'était dit Ursule.

Richard se leva comme les autres. Son verre, qu'il tenait machinalement à la main, fut choqué par celui de ses voisins, mais Richard demeura muet.

Renaud lui adressa un regard profond, interrogateur et encourageant tout à la fois.

Richard ne vit pas ce regard.

Ses lèvres restèrent closes, et son mutisme eût certainement été trouvé des plus étranges si les convives, distraits par leur animation même, avaient attaché la moindre importance aux faits et gestes du fils de leur amphitryon.

Joseph, dépêché par Ursule, pénétra en ce moment dans la salle à manger :

— Monsieur est servi, dit-il.

Cela signifiait que le café et les liqueurs attendaient les convives.

Le petit salon dans lequel on les prenait d'ordinaire était une sorte de fumoir, domaine particulier de Renaud dans l'habitation.

Madame était servie dans la salle à manger,
monsieur dans le fumoir. Parfois cependant
Marguerite accompagnait son mari, mais depuis
le retour de Richard, elle avait toujours quitté
la salle à manger pour se rendre soit au jardin,
soit dans son appartement particulier, laissant
fumer ensemble le père et le fils, auxquels Ferrand venait se joindre d'ordinaire.

On se leva de table.

Un des convives, membre de l'Institut, qui se
trouvait à droite de Marguerite, lui offrit le bras.

— Je vous remercie, lui dit-elle ; je suis un
peu nerveuse aujourd'hui, l'odeur du tabac me
serait désagréable.

— Mais alors nous ne fumerons pas, chère
madame, répliqua gracieusement l'invité.

— Oh ! ne vous gênez pas pour moi, je vous
en prie.

Renaud s'était approché.

— De quoi s'agit-il ? demanda-t-il à sa femme.

— Le tabac me fait peur aujourd'hui.

— Ne le brave pas, alors, ma chère Marguerite. Puis, baissant la voix : Va te parer pour
la soirée, lui dit-il, tu me feras plaisir en te
mettant en frais de toilette aujourd'hui.

— C'était bien mon intention, mon ami, répondit-elle ; et elle monta dans sa chambre tandis que Renaud allait rejoindre ses convives réunis au fumoir où Angèle les avait également abandonnés pour regagner le chalet de son père, afin aussi de se faire belle pour la cérémonie du soir.

Au moment où Marguerite et Angèle avaient, avant le dîner, laissé le soin à Renaud de recevoir Lambert et ses convives, les deux cousines avaient décidé de commun accord que, vu la gravité des circonstances, elles feraient deux toilettes, l'une pour le repas et l'autre pour la soirée, c'est-à-dire pour la signature du contrat.

C'est Angèle qui avait mis en avant ce projet solennel et madame Renaud ne pouvait rien refuser à la fiancée de Richard ce jour-là, au contraire.

A l'instant où elle avait si brusquement appris la nouvelle du mariage d'Angèle et de Richard, Marguerite n'avait pu vaincre, on le sait, une émotion profonde, mais cette émotion lui avait inspiré presque aussitôt un véritable remords. Presque inconsciente alors que Richard, c'est-à-dire celui qui lui avait sauvé la vie, venait de lui rappeler le service rendu ainsi que le serment qui en avait été la récompense, Marguerite, en apprenant tout à coup qu'une barrière nouvelle allait s'élever entre elle et lui, n'avait pu se défendre de s'accuser encore d'imprévoyance. Son âme loyale lui avait inspiré le regret d'avoir cru à la mort de Richard alors qu'elle l'avait vu livide dans les bras de ses compagnons.

Tout le mal ne venait-il pas de cela ?

Ah! certes, si elle avait pu soupçonner que son sauveur n'était que grièvement blessé, certes elle ne l'eût pas abandonné, et dès lors tout eût été changé : elle eût été la femme de Richard, Henri eût été ravi de leur bonheur, et ils auraient vécu tous les trois heureux autant qu'on peut l'être, intimement unis par les plus doux et les plus étroits liens de l'affection et de l'amour.

Toutes ces pensées avaient traversé l'esprit de Marguerite comme un éclair, et une larme était tombée de ses yeux sur le visage d'Angèle.

On sait l'effet qu'avait produit cette larme sur Richard.

Sincère aussi alors qu'il avait formellement
promis à son père d'épouser Angèle, à la vue
de l'émotion de Marguerite, il avait senti sa résolution l'abandonner.

Tout était redevenu vague en lui.

— Je dois souffrir seul, s'était-il dit. La fatalité nous a séparés, c'est à moi d'en subir
toute la cruauté. Epouser Angèle et vivre ici
près d'elle me serait impossible. Si je consen-
tais à cette union, à présent, quelle opinion
Marguerite pourrait-elle avoir de moi? ne serait-elle pas en droit de penser que mon amour
n'était qu'un caprice, que je ne l'ai jamais véritablement aimée et que mon désespoir, en la re-
trouvant la femme d'un autre, n'était qu'une in-
qualifiable comédie? Non, je n'épouserai pas
Angèle !

Et partant de cette résolution nouvelle, il
avait senti de nouveau que son amour n'était
pas mort, croyant même que rien ne pourrait
jamais, non pas l'éteindre, mais seulement l'a-
moindrir.

Le billet que Richard avait écrit avant le dîner, et qu'il avait soigneusement cacheté, avait
été glissé par lui dans la poche de son habit noir.

Il avait pénétré dans le fumoir avec les convives de son père.

Ursule se tenait attentive près du guéridon sur lequel était déposé le plateau contenant la cafetière d'argent, les tasses, le sucrier, les bouteilles et les petits verres.

— Ursule! lui dit Ferrand.

— Monsieur?

— Le café est-il bien chaud?

— Bouillant,

— Sers-le vite, alors! N'est-ce pas, Richard?

Le futur beau-père, depuis quelques heures, ne faisait plus rien sans consulter celui qui allait être son gendre.

Henri était venu rejoindre ses convives.

Désignant du geste une caisse de cigares venant du Grand-Hôtel, qui se trouvait sur le guéridon, à côté du plateau :

— Voici des cigares, messieurs, dit-il.

Et il les offrit à ses convives.

— Non, tout à l'heure, dit Ferrand, en tournant avec sa cuiller son sucre dans la tasse que venait de lui passer Ursule.

Lambert fut loin d'imiter son exemple.

Lorsque Renaud lui tendit la caisse de cigares,

le jeune peintre s'empressa d'en prendre un en s'écriant :

— Avec le plus grand plaisir. Vos cigares sont délicieux; on ne devrait jamais en accepter d'autres.

Et s'adressant à Ferrand :

— Allons, patron, ajouta-t-il.

Ces mots produisirent un effet salutaire.

— Je me risque, reprit Ferrand en choisissant à son tour un londrès dans la caisse de cigares.

— Un fumeur comme vous refuser un véritable Havane; je ne comprends vraiment pas ça, patron! Et vous, monsieur Renaud?

Henri garda le silence.

Assis près du guéridon, tournant le dos à une fenêtre qui donnait sur le jardin, il observait Richard, qui se trouvait placé sur un canapé à côté de Ferrand.

Le fiancé d'Angèle, absorbé dans ses pensées, semblait complétement étranger à ce qui se passait autour de lui.

Renaud, tout à son fils, écoutait également à peine.

D'un œil inquisiteur il cherchait à lire sur le visage de Richard ses pensées. Il connaissait trop son fils pour ne pas s'apercevoir qu'il ferait naître bientôt un incident terrible, et lui-même se disait que si Richard se taisait, c'était à lui à parler, à empêcher un mariage qui ne pouvait faire que le malheur d'Angèle.

Cette pensée lui était venue depuis quelques instants.

Elle le torturait.

De quel droit pouvait-il sacrifier en égoïste la fille de Ferrand à sa sécurité?

Richard ne l'aimait pas, ne pouvait l'aimer, puisqu'il en aimait une autre, et tant que ce fatal amour resterait debout dans le cœur de son fils, permettre qu'Angèle se donnât à ce mari qui n'avait, ne pouvait avoir pour elle qu'indifférence et dédain, était un crime qu'il ne voulait pas commettre, lui, l'honnête homme!

La nuit tombait.

Pierre le jardinier disposait au dehors, sur des fils de fer, des lanternes multicolores destinées à illuminer les deux jardins.

Tout dans l'aspect de la villa Renaud respirait la joie, et même l'intérieur du fumoir n'était aucunement sinistre.

Quiconque y eût pénétré eût pu être convain-

17.

cu qu'il franchissait le seuil d'un heureux, et
cependant un drame affreux se passait entre ce
père et ce fils, si unis, si étroitement liés, le matin encore.

Drame ignoré, même des plus intimes, même
de ceux qu'il devait blesser au cœur également, comme Ferrand et Angèle.

Aussi Lambert donnait-il un libre cours à ses
boutades ordinaires.

— Oh ! le bon cigare, dit-il en humant la fu-
mée de son Havane ! et je m'y connais.

— Toi ?

— Oui , patron ; ce sont les soutados qui
m'ont formé. Rien ne fait mieux apprécier le
bon vin que la piquette.

Ferrand, depuis quelques secondes, songeait à
sa fille.

Le bourgogne et la pensée de fixer à jamais
la destinée d'Angèle l'avaient aussi plongé dans
une émotion passagère.

Il répondit à peine.

— Qu'avez-vous donc ? lui demanda Lambert.

Ferrand n'avait aucune raison pour dissimuler.

— Je suis ému, mes amis, répondit-il ; songez donc à ma situation. Marier sa fille !

Et, s'emparant de la main de Richard :

— Ah ! si ce n'était pas à toi que je la donne, ajouta-t-il, d'un ton affectueux qui contenait en lui tout à la fois les terreurs et la joie de cet homme excellent : — Ta main est froide, continua-t-il en s'adressant à son futur gendre ; tu es ému aussi, cher enfant ; merci !

— Pauvre patron ! s'écria Lambert.

— Quand tu seras père, monsieur mon élève, — c'est ainsi que Ferrand nommait Lambert, dans les circonstances graves, — tu comprendras ces choses-là.

— J'en ai déjà l'intention, répliqua le jeune peintre, sur un ton non moins sérieux que celui que son maître avait pris pour prononcer sa dernière phrase.

Tout à coup Ferrand, qui venait distraitement de reporter à ses lèvres son cigare du côté du feu, poussa un cri.

— Ah ! mille tonnerres ! je me brûle ; je me suis trompé de côté. Décidément, je ne sais plus ce que je fais.

— Patron, vous m'attristez, reprit sentencieusement Lambert. Vrai, je vous voudrais plus calme.

— Plus calme. Tu en parles bien à ton aise, toi ; quel est le père qui dans un jour semblable ne perd pas la tête ?

Et montrant Henri, dont le visage reflétait en ce moment une partie de l'horrible agitation à laquelle il était en proie :

— Tiens, vois, Renaud, ajouta Ferrand, est-il dans son assiette ?

— Mais oui, répondit Lambert.

Un sourire forcé erra sur les lèvres de Renaud.

Ne devait-il pas cacher à tout le monde ce qui se passait en lui ?

— Il en a l'air, répliqua Ferrand avec entêtement et à cent lieues de soupçonner qu'il devinait juste, mais il ne l'est pas, et pourtant, il ne marie pas sa fille, lui, c'est tout différent, un garçon.

— Qui a vu le feu ! murmura Lambert.

Puis tout haut, il ajouta :

— Patron, je vous comprends et je vous approuve.

— Ce n'est pas malheureux.

La conversation prit une autre tournure, tout le monde y prit part, sauf Richard ; Renaud était vraiment héroïque de sang-froid et pourtant chaque minute, chaque seconde le rapprochait de l'instant où il lui faudrait prendre un parti terrible.

Lambert, sans s'en douter, aborda le sujet brûlant.

— Nos cigares ont fait fuir ces dames, dit-il.

— Elles sont à leur toilette, répondit Henri.

— J'ai trouvé madame Renaud un peu pâle, poursuivit Lambert, serait-elle souffrante ?

— Elle est délicate, répliqua Henri.

Puis, embrassant Richard dans un singulier regard, il ajouta :

— Un séjour de quelques mois à Cannes ou à Hyères, lui ferait grand bien. J'y songerai.

— Ah ! voilà une fière idée, s'écria Ferrand en ne déguisant pas son dépit, si donc Richard veut faire un voyage de noce, je resterai seul. Oh ! les gens heureux, quels égoïstes.

— Ah ! patron ! protesta Lambert, eh bien, et moi ? votre élève, votre disciple, votre admirateur, votre rapin de Saint-Roch, votre fidèle compagnon ?

— Toi, tu n'es pas ma fille, tu n'es pas non
plus Marguerite, objecta Ferrand, que les ami-
cales protestations de Lambert n'avaient nullement consolé de la perspective de se voir
abandonné pendant quelques semaines par les
siens.

Lambert ne se tint pas pour battu ; mais
avant de lui rendre la parole, il importe de
relater deux faits insignifiants en apparence,
mais qui n'étaient point sans gravité dans la
situation où Henri et Richard se trouvaient vis-
à-vis l'un de l'autre.

Ursule s'était approchée de Richard et lui
avait repris sa tasse vide, qu'elle avait reposée
sur le guéridon.

Cette tasse étant la dernière à remettre sur la
table, ayant momentanément terminé sa besogne, la femme de confiance avait quitté le
fumoir.

Richard, qui depuis quelques instants suivait
les mouvements de la bonne femme, la voyant
disparaître, était remonté vers la croisée, d'où,
après voir séjourné pendant un moment, il
s'était dirigé vers la porte, qu'il franchit à son
tour.

Henri alors s'était aussi levé, et près de la fenêtre il observait au loin, enveloppant dans un même regard anxieux Ursule et Richard, que ce dernier était allé rejoindre dans le jardin.

Ceci dit, revenons à Lambert, qui voulait à toute force dérider son maître.

— Il me pousse une idée lumineuse, s'écriat-il. Si M. Renaud conduit sa femme dans le Midi, et si Richard emmène la sienne dans la lune... de miel, j'accompagne ces derniers, afin de vous envoyer des télégrammes tous les quarts d'heure.

— Comment? dit Ferrand, qui ne pouvait deviner où son élève voulait en venir.

— Oui, afin de calmer vos inquiétudes paternelles et d'égayer votre solitude : « Midi, bonheur complet; midi et quart, complet bonheur; midi et demi, félicité sans égale; une heure, enivrement; une heure et quart.., mis à la porte par les époux. Vous renseignerai prochaine dépêche. » Et ainsi de suite pendant tout le voyage. Qu'en dites-vous ?

On rit.

— Grand fou ! dit Ferrand.

En ce moment Renaud tressaillit.

— Un billet, murmura-t-il.

Richard venait de remettre à Ursule le pli cacheté dont il avait écrit la teneur quelques instants avant de se mettre à table.

De ce billet devait jaillir la foudre, Renaud en était certain ; il suivit des yeux Richard qui venait de quitter Ursule, et se tournant vers ses convives, s'adressant au père d'Angèle, il lui dit d'une voix qu'il s'efforça de rendre calme :

— Ferrand ?

— Renaud ?

— Puisque le contrat se signera chez vous, ne serait-il pas convenable que vous y fussiez au moment où le notaire et les autres invités arriveront?

— Mais je le crois bien, répondit le peintre, c'est ce diable de Lambert qui me fait tout oublier avec ses télégrammes. Venez, messieurs, venez.

Les convives gagnèrent la porte que Ferrand leur indiquait gracieusement du geste.

Hnri s'approcha de lui.

— Envoyez-moi Ursule qui est au jardin,

je vous prie. Vous y trouverez Richard également, qu'il vous suive chez vous.

— C'est convenu.

Et Ferrand, suivant ses hôtes, disparut avec eux.

XII

Pendant le voyage que le père d'Angèle et
Henri avaient fait à Paris, le jour même il avait
décidé que le dîner aurait lieu chez Renaud, et
la signature du contrat chez Ferrand. Cette
disposition très-rationnelle du programme de la
journée avait été adoptée immédiatement par
les deux amis, qui y avaient trouvé chacun la
satisfaction qu'il désirait avoir dans une semblable et aussi solennelle occasion.

Au moment où Richard avait quitté le fumoir,
le parti de Renaud était pris et son plan arrêté,
du moins en ce qui concernait la rupture du
mariage de son fils avec Angèle.

Il se rendrait à la gare pour y guetter l'arrivée de M. Duménil, son notaire et son ami ; et

sans lui en dire le motif véritable, ni même lui
annoncer qu'une rupture complète était brusquement survenue, il lui ferait part de son
désir de remettre de quelques jours la signature
du contrat.

Une dépêche du notaire, qui repartirait immédiatement pour Paris au lieu de se rendre
chez Ferrand, dépêche annonçant qu'un acci-
dent sans gravité, mais assez sérieux pour le
retenir chez lui, le forçait à prier les parents à
remettre la cérémonie, expliquerait tout aux
invités et permettrait en outre qu'Angèle et
Ferrand ne se doutassent de rien.

Ce plan, que rien ne devait changer, avait
été complétement modifié par Renaud à la vue
de la remise du pli de Richard par celui-ci à
Ursule.

— Pourquoi ce billet? se demanda-t-il dès
qu'il fut seul. A qui est-il adressé ? A Angèle
ou à Marguerite? Il faut que je le sache. Le
messager est bien choisi en tout cas: une pauvre
brave femme qui se jetterait au feu pour vous et
qui ne sait pas lire: discrétion forcée, dévoûment certain. Ah! si ce billet pouvait être
adressé à Angèle!

Ursule, envoyée par Ferrand, entra en ce moment.

— Vous m'avez demandée, monsieur?

— Oui. Où est Richard?

— M. Ferrand l'a emmené chez lui.

— Richard t'a remis un billet, tout à l'heure, dans le jardin, sous cette croisée...

Ursule garda le silence.

Elle ne savait pas mentir.

— Je le sais, reprit Henri; c'est une surprise que nous ménageons.

— Il me l'a dit, en me recommandant le plus grand secret.

— Pour les autres, mais pas pour moi; donne-moi ce billet.

— Oui, je comprends, dit Ursule, sans obéir.

— Donne! répéta Renaud, s'apercevant de l'hésitation de sa vieille domestique.

— C'est que M. Richard me grondera, objecta la vieille bonne, opposant, d'après elle, un motif des plus sérieux à l'accomplissement du désir de Renaud.

Henri la regarda avec sévérité.

Ursule retira le pli de sa poche.

— Donne, te dis-je! reprit Renaud en s'en emparant; ne faut-il pas que je m'assure que Richard a bien rempli mes instructions?

Et pendant qu'Ursule rangeait les tasses et les verres et remettait un peu d'ordre dans le fumoir, Renaud, brisant le cachet de la lettre sans adresse, se mit à la lire:

« Dans une heure, je fuirai cette maison pour n'y plus rentrer jamais; il faut que je vous parle une dernière fois, car bientôt j'aurai cessé de vivre: je vous le jure sur mon amour! »

— Qu'ai-je lu ? se dit Henri. Et c'est pour elle, pour Marguerite! il l'aime à ce point. Mon Dieu! je n'ai plus de fils! Angèle...

L'arrivée de cette dernière interrompit brusquement ces réflexions.

Dans une toilette ravissante de goût et de simplicité, la tête ornée de quelques fleurs naturelles, jamais la jeune fille n'avait été plus chastement séduisante. Elle éblouissait vraiment par sa fraîche beauté remplie de candeur et de grâce; à ce point que malgré ce qui se passait en lui, Renaud ne put s'empêcher de l'envelopper dans un regard attendri qui contenait autant d'admiration que de sympathie.

— Où est Marguerite? demanda Angèle en entrant.

— Dans sa chambre, mon enfant! répondit Henri.

— Madame se fait belle pour vous, mademoiselle, ajouta Ursule.

— Bonne Marguerite! répliqua Angèle.

Sur un signe de Renaud, Ursule sortit emportant le plateau et les tasses.

— Comment me trouvez-vous? lui demanda alors Angèle.

— Oh! charmante! répondit Renaud d'un ton pénétré.

— Je venais demander à Marguerite si ma couronne est jolie!

— Adorable.

— Faut-il vous croire tout à fait?

— Je vous aime trop pour ne pas vous dire toute la vérité.

— Oh! les hommes ne s'y connaissent pas! reprit la jeune fille d'un ton légèrement dédaigneux, que palliait un adorable sourire; mais vous êtes un artiste, vous. Vrai, je n'ai pas dans les cheveux trop de fleurs?

— Non.

— Je veux les conserver, ces chères fleurs. On dit que le jour du mariage est le plus beau jour de la vie : le jour de la signature du contrat me semble être un beau jour aussi ; ces fleurs seront pour moi sa date, et, constamment sous mes yeux, elles me diront : « Ne m'oubliez pas ! »

La quiétude d'Angèle impressionnait douloureusement Renaud.

Tout en écoutant la jeune fille, si pleine de la joie qui remplissait son âme, il songeait que cette joie immense allait bientôt se changer en douleur; et quelle douleur pour cette créature naïve et aimante, dont la nature tendre était faite pour l'affection et l'amour!

Comment Angèle supporterait-elle l'amère, l'horrible déception qui l'attendait? Y survivrait-elle?

On pouvait en douter.

— Ah! se dit Renaud, si Dieu pouvait faire un miracle!

— Il n'y a vraiment qu'à vous qui comme moi aimez Richard de toute votre âme que je puis ouvrir entièrement mon cœur. Ah! que je suis heureuse !

Ce cri si vrai, si sincère, pénétra jusqu'au fond du cœur d'Henri qui, malgré lui, laissa échapper de ses lèvres cette compatissante exclamation :

— Mon enfant! ma pauvre enfant!

— Vous me plaignez? demanda Angèle avec surprise.

— Moi?...

Et Renaud n'osa poursuivre.

—Non, reprit-il après un court silence. Pourquoi vous plaindrais-je? C'est vrai, vous devez, vous méritez d'être heureuse...

— Mais je le suis autant que cela est possible.

C'était trop d'illusions, Henri crut de son devoir d'en amoindrir la force.

— Prenez garde pourtant, un nuage peut assombrir votre ciel.

— Oh! je suis forte, reprit Angèle avec un accent presque viril.

— Vous le pensez, objecta Renaud.

— J'en réponds, répondit avec calme la jeune fille. J'ai l'amour et la religion pour armes, je saurais souffrir et pardonner, résignée et affectueuse.

— Certes, Richard est incapable de vous

tromper, reprit Renaud après un temps ; mais
i, par impossible, quelque jour...

Il s'arrêta.

— Eh bien? demanda Angèle.

— Il vous aimait... moins.

— L'affreuse pensée !

— Que feriez-vous ?

Angèle garda le silence pendant quelques secondes.

— Je tâcherais de le lui faire regretter bientôt, dit-elle avec conviction, en me montrant plus
tendre, plus dévouée encore.

— Ah ! Et si malheureusement, reprit lentement Henri, cette persévérance restait infruc-
tueuse ?

— Je redoublerais d'efforts et j'atteindrais
sûrement mon but; il n'y a que les âmes complétement perverties qui résistent aux preuves
d'affection réelle. Richard fût-il aussi coupable
qu'il puisse être, ne serait jamais qu'un égaré.
Je le prendrais par la main, doucement, et lui
montrerais que le but est un cœur si plein de
lui, si prêt à tous les sacrifices qu'il aurait hâte
de le ressaisir pour ne plus jamais s'en éloigner.

— Vous êtes la bonté même.

18

— J'aime simplement, mais sûrement ; je suis certaine de ma sincérité complète, et n'ai qu'un but : le bonheur de Richard ; son bonheur avant tout, quand même, quoi qu'il arrive !

Renaud l'avait écoutée avec admiration.

Dans cette vierge, quelle âme de femme déjà, grande, dévouée, capable vraiment de remplir la tâche difficile dont l'accomplissement ne semblait pas l'effrayer.

La découverte de la force morale dont Angèle était douée modifia complétement les idées de Renaud.

Il comprit que si le mariage projeté avait lieu, Angèle ne pourrait manquer de conquérir un jour l'affection et l'amour de Richard.

Il fallait donc que celui-ci restât et qu'il devînt le mari d'Angèle.

Sous l'empire de cette conviction :

— Chère enfant, s'écria Henri en déposant un baiser paternel sur le front de la noble jeune fille, je serai le gardien de votre félicité, je vous le jure.

— Ne vous en mettez point en peine, mon cousin, répliqua-t-elle ; je sens là — elle désignait son cœur — que rien ne la menace.

Puis changeant de ton, avec un gai sourire, elle ajouta :

— Mais voilà des paroles bien graves, et mon père m'attend. Je me sauve, ne tardez pas.

Sur ces mots, elle retraversa le jardin qui commençait à s'illuminer et rentra dans la villa du peintre.

— Adorable créature, se dit Henri, dès qu'il fut seul, que de vertus !

Puis se remémorant les paroles d'Angèle :

— « Il n'y a que les âmes perverties qui résistent aux preuves d'affection réelle, Richard ne peut-être qu'un égaré. » Si cela était ? poursuivit Renaud, se rattachant à cette consolante espérance. Mais non, ajouta-t-il au bout d'un moment, Angèle parle ainsi parce qu'elle n'a point au cœur ce doute terrible qui me ronge et m'épouvante. Oh! ce billet, ce billet maudit ne prouve-t-il pas qu'il oublie tout : son devoir, le respect, mes efforts, mes sacrifices, ma tendresse, lui dont j'aurais répondu comme de moi-même, ce matin encore.

— « Je le prendrais par la main doucement, » disait-elle. Femme, elle étoufferait sa jalousie; épouse, elle ferait taire son ressentiment. Elle

est donc meilleure que moi, la pauvre Angèle?
Non; mais elle m'a dicté ma conduite. Du courage, il m'en faut pour elle, il m'en faut pour
tous. Allons, avant d'être époux, je suis père,
je dois tout tenter pour sauver mon fils!

Et prenant une résolution soudaine, il se mit
à la recherche d'Ursule qu'il trouva dans le
petit salon qui communiquait par un petit
escalier à la chambre de Marguerite.

— Tiens, lui dit-il, voici le billet de Richard :
va le remettre à Marguerite, ma bonne Ursule ;
mais garde-toi bien de lui révéler que je suis
dans la confidence.

— Bien, monsieur.

Un frôlement de soie se fit entendre

— C'est elle! reprit Renaud ; je te laisse.

Et il gagna le jardin en se disant :

— Maintenant, que Dieu m'inspire!

XIII

Malgré le calme relatif qu'Henri avait reconquis depuis son entretien avec Angèle, Ursule le connaissait trop pour ne pas s'apercevoir de quelque chose.

— Hum ! se dit-elle, monsieur est tourmenté ; mais par quoi? Un jour comme celui-ci ne devrait-il pas être enchanté?

Marguerite parut, vêtue de blanc, belle à ravir dans sa robe décolletée, qui laissait apercevoir ses rondes épaules et la naissance de sa gorge adorable.

Elle s'avança lentement, la tête penchée, sans s'apercevoir de la présence d'Ursule, tellement elle était plongée dans ses sombres réflexions.

18.

— Comme elle est pâle! se dit Ursule; et, s'approchant : « Seriez-vous souffrante, madame ? » dit-elle.

— Non, Ursule, merci, répondit la jeune femme en sortant de sa torpeur.

— Tant mieux, voici pour vous.

Et tendant à sa maîtresse le billet que Renaud venait de lui remettre pour elle, croyant être fort agréable à Marguerite, Ursule ajouta :

— C'est de Richard.

— Ah ! fit madame Renaud avec un accent intraduisible, en froissant dans sa main le papier qu'elle venait de prendre.

— Lisez, c'est une surprise, insista la vieille domestique.

— Tout à l'heure. Va ! va !

Ursule obéit.

Pendant que se passait cette scène, la nuit était complétement venue, Henri avait gagné le jardin; il s'enfonça dans une allée ombreuse d'où l'on pouvait découvrir les deux entrées de sa villa, ainsi que celle de la villa de Ferrand.

Il attendit.

Richard sortit de chez Ferrand au moment où Ursule quittait Marguerite ; et, ayant jeté

un coup d'œil sur les croisées de sa chambre,
qui n'étaient plus éclairées, il se dirigea vers
la demeure de son père.

Henri lui barra le passage.

— Comment, c'est toi? lui dit-il.

— J'ai oublié mes gants dans ma chambre,
dit Richard d'une voix émue.

Renaud feignit de ne pas le remarquer.

— Va les chercher ! dit-il. Je me rends chez
Ferrand.

Et il quitta Richard, qui quelques instants
après se trouvait sur le seuil du boudoir où
était restée Marguerite.

— Que peut-il m'écrire? s'était dit celle-ci
après le départ d'Ursule.

Et elle avait lu le billet de Richard.

— Ah! l'insensé! mourir! Il aura surpris
mon émotion, il aura pris ma pitié pour de la
douleur: il n'a pas compris que j'étais au supplice devant eux tous ! En vain je me suis efforcée
de sourire. Non, je ne veux plus le voir.

Et elle allait quitter la place pour rejoindre
Henri, mais la porte du boudoir s'ouvrit et
Richard parut.

— Ne craignez rien, dit-il, nous sommes bien

seuls, personne ne viendra nous surprendre.
Vous avez eu pitié de moi ! Merci.

— Richard, je ne veux pas que vous mouriez,
votre devoir est de vivre.

— Mon devoir, répéta le jeune homme, en
proie à une émotion des plus violentes, que me
parlez-vous de devoir lorsque la fatalité m'écrase.
J'ai lutté en vain, les forces humaines ont des
bornes ; je n'ai plus la notion du bien et du
mal ; je ne veux plus comprendre ; je ne veux
plus analyser ce qui se passe en moi : je pars,
je fuis un mariage désormais impossible.

— Mais Angèle a votre parole, s'écria Marguerite.

— Oui, c'est vrai, reprit Richard, avec un
accent d'ironique amertume, j'avais d'abord
consenti à ce mariage, j'y voyais, j'y croyais
voir même un peu de bonheur, comme au travers de la tempête, le naufragé qui lutte contre
les flots voit dans la plus frêle épave, dans la
plus étroite éclaircie, un espoir de salut. Je
croyais que le devoir, la raison, l'amour filial,
que sais-je ? avaient enfin éteint dans mon cœur
tout souvenir du passé : un geste, une larme,
ont ressuscité le terrible fantôme de mon rêve

éblouissant, j'ai senti que je me mentais à moi-
même, que rien ne pouvait me faire vous oublier, rien que la mort!

— Mourir!

— Si je ne puis vaincre mon odieuse passion, je la fuirai dans la tombe.

— Un suicide! Vous un chrétien, un fils!
Vous n'aimez donc plus votre père?

— Si; mais je vous adore, vous!

Il y eut un silence.

Marguerite reprit:

— Richard, au nom du ciel, renoncez à votre
horrible projet! jurez-moi de vivre! Angèle vous
aime et vous attend, elle est déjà moralement
votre femme.

— Ce n'est point à vous à me le dire. Nous
étions faits l'un pour l'autre, telle est ma conviction, une fatalité sans nom nous a séparés,
nous l'avons acceptée, mais le sacrifice devient
une torture, et quant à moi, je sens déjà que
mon être entier se révolte contre elle; je suis
prêt à devenir impie, en vous disant: « Fuis
avec moi. »

— Oh! malheureux! quelle pensée!

Et Marguerite se cacha le visage dans les mains.

— Elle est horrible, n'est-ce pas? C'est vrai:
mais que ferons-nous, si je reste? Vous êtes
femme, Marguerite, et je ne suis qu'un homme:
la passion folle, aveugle, inexorable, ne peut-
elle pas nous précipiter dans l'abîme? Il faut
donc qu'un monde nous sépare afin de nous
aider, par toute la distance qu'il mettra entre
nous, à accomplir loyalement notre triste destinée.

Que pouvait répondre Marguerite?

— Mais vous vivrez? dit-elle.

— Le sais-je? Adieu !

Il allait partir.

Marguerite le rappela :

— Richard !

Il s'arrêta et revint vers elle.

— Je vous en conjure, du calme, de la raison.

— De la raison !

—Oui. Je ne suis plus celle qui vous jurait
d'être à vous, Dieu lui-même, en permettant mon
parjure involontaire, m'a déliée de mon serment.
Je suis la raison, je suis le devoir ; je parle,
non pour moi, mais pour vous, pour Angèle,
pour votre père, qui vous chérissent et qui seront
inconsolables si vous les quittez.

— Mais je ne me sens pas la force d'en aimer une autre que vous, et chaque seconde que je passe ici me rend moralement le plus abominable des hommes! Je fuis par devoir, croyez-le bien, et nul sacrifice n'est plus complet que le mien; car j'ai tout pesé, tout compris, et si je désespère ceux que je devrais chérir, c'est qu'une implacable nécessité m'ordonne d'aller cacher au loin la douleur que m'inspire l'immensité de mon bonheur perdu!

Suffoqué par l'émotion, Richard, en terminant cette phrase, tomba sur le divan, et ses yeux se remplirent de larmes.

Marguerite le contempla en silence pendant quelques secondes.

Le désespoir de Richard la navrait.

— Ainsi, reprit-elle, sans le vouloir, j'aurai fait votre malheur à tous deux! ainsi, par la plus imprévue des fatalités, j'aurai causé votre désespoir et plongé votre père dans un chagrin éternel, car votre éloignement empoisonnera sa vie.

— Ne vous aura-t-il pas pour m'oublier? L'amour calmera ses regrets et finira par effacer jusqu'à mon souvenir.

— Vous êtes ingrat, Richard. Le cœur humain n'est point un chaos où se confondent tous les sentiments; chacun d'eux, au contraire, y a sa place, et la prend quand l'heure de la vie sonne pour lui. L'époux a beau aimer sa femme, père, il adore son enfant: et il leur donne, à chacun, une part égale d'affection et d'amour. Que suis-je pour votre père ?

— Tout, vous le savez bien.

— Il y a un an, il ignorait encore mon existence, tandis qu'il y a plus de vingt années qu'heure par heure, minute par minute, il a savouré la douce et pure joie que le premier cri que vous avez poussé en venant au monde a fait éclore en lui, et, par ma faute, ces deux existences si étroitement liées, la vôtre et la sienne, seraient à jamais désunies? Non, non, poursuivit Marguerite, en s'exaltant au fur et à mesure qu'elle parlait, si tous trois nous ne pouvons marcher côte à côte dans la vie, en suivant, heureux et calmes, la route du devoir, si l'un de nous doit enfin disparaître, c'est moi! et je disparaîtrai, moi! l'obstacle à votre bonheur.

Richard se releva.

— Mais vous n'êtes pas coupable, s'écria-t-il sous l'empire d'une terreur soudaine.

— Non, certes.

— Ah! reprit Richard, qui donc me sauvera de moi-même?

— L'amour d'Angèle.

C'en était trop.

— Est-ce possible? reprit le jeune homme; mais vous ne comprenez donc pas, vous ne voulez donc pas comprendre que j'ai là, dans la poitrine, dans mon cœur jeune, tendre, aimant, avide de tendresse et d'amour, ce que Tantale avait sur les lèvres; que j'ai là, dans la tête, le germe de la folie et sa terreur à la fois, ivre d'une passion fatale qui grise tout mon être, malgré son infamie et sa honte! L'amour d'Angèle, dites-vous, hélas! Tenez, jetez-moi l'injure au visage, je vous remercierai; brisez mon cœur égaré, et je vous bénirai; faites-moi me guérir de vous enfin, et je baiserai la trace de vos pas: car, je le comprends bien, sur ce front hypocrite, — il se frappait la tête en parlant ainsi, — sur ce front où les lèvres de mon père se sont tant de fois posées, ces lèvres vénérées et si chères, ces lèvres d'honnête homme, on devrait

19

imprimer au fer rouge la marque infâme qu'on appliquait jadis à l'épaule des forçats. J'ai horreur de moi, je vous chéris et je vous hais! Ah! Marguerite, Marguerite! pourquoi faut-il que nous soyons à jamais séparés? pourquoi faut-il que tout en moi me dise: «Aime-la!» et que tout hors de moi me crie: «Fuis-la! ton adoration est un crime.»

— Vous vous condamnez vous-même.

— Je vois l'abîme, mais j'en ai le vertige; il me fascine, il m'entraîne. car, malgré tout, ma vie c'est toi, mon but c'est toi! En vain un serment me lierait, j'appartiens au mal. Adieu!

— Richard, du courage! écoutez-moi.

— Non, il faut que je meure!

— Restez, je vous en supplie.

— Impossible!

— Par pitié...

Richard l'enveloppa dans un regard étrange.

— Tu le veux, s'écria-t-il enfin, eh bien, soit, je reste; mais je t'aime, je t'aime!

Et il s'avança vers Marguerite,

— Ah! fit-elle terrifiée, un pas de plus et j'appelle, je dis tout à mon mari.

Un triste sourire erra sur les lèvres de Richard.

— Adieu pour jamais! dit-il.

Et il s'élança, mais aussitôt il s'arrêta, cloué à sa place par la vue de Renaud, qui, arrêté sur le seuil du boudoir, en avait ouvert la porte depuis quelques instants, sans que les jeunes gens l'entendissent.

XIV

— Mon père ! balbutia Richard.

Et il lui sembla qu'il allait devenir fou.

— Ciel ! Henri ! murmura Marguerite, en devenant livide.

Renaud les regarda tous les deux en silence ; puis avec le plus grand calme, il demanda :

— Qu'y a-t-il ?

Richard voulut gagner la porte.

— Reste ! reprit son père ; je le veux ! Que s'est-il passé ?

— Rien ! répondit brusquement Richard,

— Ah ! Et Renaud, sans insister, reprit :

— Richard, dans un instant, tu vas devant tous ceux qui t'aiment signer le contrat qui te liera à l'ange dont le cœur t'appartient tout entier.

— Ce mariage est impossible, interrompit le jeune homme.

— Tu reprends ta parole, toi ! un honnête homme ? répliqua Renaud en feignant la surprise.

— Il le faut.

— Pourquoi ?

— Je ne puis le dire.

— Tu le dois pourtant.

— Jamais !

Marguerite s'était assise, pâle et tremblante.

Renaud dominait son fils du regard et du geste.

Son œil s'alluma, et, éclatant :

— Jamais ! répéta-t-il ; eh bien ; je parlerai pour toi.

Puis, d'un ton plus doux, quoique encore animé :

— Ce mariage est impossible, dis-tu ; c'est vrai, car les criminels ne peuvent entrer dans une famille honnête : et tu médites un crime. Avoue-le donc !

— Henri ! s'écria Marguerite en se levant avec un geste de supplication.

La voix de Renaud recouvra toute sa tendresse.

— Ne te défends pas, lui dit-il, je n'accuse
que lui.

Et il désigna son fils.

— J'étais là, poursuivit-il en montrant la
porte par laquelle il venait d'entrer. J'ai tout
entendu.

Richard tressaillit et devint livide.

— Avoue donc ! continua Henri en s'adressant à Richard; avoue que malgré l'amour
d'Angèle, malgré la parole donnée, tu veux me
déshonorer : j'ai lu le billet que tu as osé adresser à Marguerite. Allons, voyons, est-ce vrai
ce dont je t'accuse? Parle, aie le courage de ton
odieuse folie.

— Mon Dieu ! une arme?

Renaud lui saisit le bras.

— Contre qui donc veux-tu t'en servir?

— Oh ! contre moi.

— Tu dois en effet te trouver bien coupable.

— Ne m'accablez pas; je mourrai, je vous le
jure.

— Et ton suicide sera mon ouvrage, n'est-ce
pas? reprit Renaud avec une poignante ironie;
j'aurai mis vingt-cinq ans à t'amener là parce
que tu es mon enfant, parce que malgré la fièvre

passionnée, ta conscience te crie : Infâme ! Non,
tu peux vivre, tu vivras. En ce moment suprême,
je te dois l'entière vérité : Richard, tu n'es pas
mon fils !

Marguerite et Richard relevèrent tous les
deux la tête, stupéfiés par cette révélation inattendue.

— Moi, mon père ? s'écria le jeune homme.

— Ah ! tu aimais ma femme, reprit Henri ;
je ne savais rien, moi, je n'avais rien deviné.
Le mari ! c'est l'histoire commune ; tu dois
même te dire en ce moment que j'ai tout découvert trop tôt ! Ma femme, un ange !

Puis, s'animant :

— Allons, n'hésite pas, continua-t-il, dégage-
toi de la loi filiale ; et puisque nous sommes
deux hommes aimant la même femme, regar-
dons-nous en face, combattons à armes égales ;
pourquoi donc hésiter ? La passion t'excuse.
Broie mon cœur, brise ma vie, fais mourir Angèle de chagrin, tu n'auras commis aux yeux
du monde, qu'un de ces crimes qui font éclore
le sourire sur les lèvres des hommes et naître
l'émotion dans le cœur des femmes. Va, tu le
peux !

Et plus gravement, plus affirmativement encore, Renaud répéta :

— Tu n'es pas mon fils.

— Eh! qui suis-je donc ?

— Écoute-moi, reprit Renaud après un silence.

Puis, calme et digne, il dit :

— Lorsque nous quittâmes la Lorraine pour venir nous fixer à Paris, Ursule et moi, deux enfants, deux garçons, âgés d'un an à peine, et qui possédaient entre eux une telle ressemblance, fréquente du reste à cet âge, qu'on les eût pris facilement l'un pour l'autre, firent le voyage sur les genoux de la brave femme ; un de ces enfants était mon fils.

— Et l'autre ? interrompit Richard.

— Celui d'Ursule.

— Elle ne m'en a jamais parlé.

— Tu comprendras bientôt pourquoi. Ces enfants furent placés dans deux berceaux, sur lesquels Ursule veillait maternellement avec une égale tendresse. Une lettre de mon père me rappela près de lui. Quelques semaines après, Ursule m'écrivit de hâter mon retour. Hélas ! en arrivant, je trouvai un des deux berceaux vide. J'interrogeai Ursule : elle me répondit en me montrant le ciel, et d'abondantes larmes s'échappèrent de ses yeux. « Ah ! mon fils est mort ! » m'écriai-je, avec un sanglot. Non, monsieur, me dit la bonne femme, sublime d'abnégation et comprenant sans doute que la douleur me tuerait ou me rendrait fou ; non, votre fils vit, le voilà : celui que Dieu a rappelé était le mien.

— Après, après, dit Richard, qui suivait avec une attention très-grande ce récit imprévu.

— Elle mentait pieusement, reprit Renaud, j'en avais la conviction ; néanmoins j'acceptai son sacrifice en me promettant de l'en récompenser en te chérissant plus encore qu'un père ne le fait d'ordinaire. J'ai tenu ce serment, Richard ; pour toi, j'ai travaillé, je suis arrivé à la fortune, je t'ai fait plus qu'un homme remarquable, tu es un artiste et si tu le veux tu deviendras célèbre. Dieu t'avait donné l'intelligence, je t'ai accepté de lui, comme le laboureur reçoit une terre féconde sur laquelle les ronces et les chardons croîtraient si par un travail incessant, il ne lui faisait produire les plus belles, les plus hautes gerbes : sans son-

ger jamais que le sang de tes veines pouvait
n'être pas le même que le mien, sans réfléchir
une seconde que ta vie pouvait sortir d'un autre amour que celui qui le premier remplit ma
vie, j'ai concentré tous mes efforts vers un
même but : ton avenir ! Mettant en œuvre tous
les bons instincts de mon être pour éclairer ton
esprit, ton cœur et ton âme par la science, l'art
et la vertu, je me disais sans cesse que lorsque
l'âge mettra un terme à mes travaux et me fera
me coucher dans l'oubli, je n'aurai rien à regretter, car tes succès seront ma joie, tes triom-
phes mon orgueil, ta gloire ma récompense !
Et je voulais m'incarner et grandir en toi-même,
pour ressusciter dans ton apogée. Tel fut mon
but, et j'en suis fier. Si tu crois que j'attachais
trop de prix à mon œuvre, va demander aux
orphelins et aux abandonnés, oui, va leur demander ce que j'ai fait pour toi ! et pourtant,
Dieu, Richard, je te l'ai dit, Dieu seul pourrait
m'apprendre si tu es réellement mon enfant !

— Dieu ! ou mon cœur ? demanda Richard
en répondant aux pensées de Marguerite, qui
remplie d'une admiration bien compréhensible

pour Renaud l'embrassait dans un regard affectueux depuis quelques secondes.

— Oui; eh bien, décide toi-même !

— Que va-t-il dire? se demanda la jeune
femme avec anxiété.

Richard n'était pas encore vaincu.

— Oui, reprit-il, vous fûtes bon et généreux pour le fils de la pauvre femme, mais de
quel droit vous êtes-vous fait l'arbitre de ma
vie?

— Du droit suprême de protection dont l'exer-
cice est un devoir pour tout honnête homme,
vis-à-vis du faible.

— Et qui vous a ordonné d'en user?

Un sourire étrange erra sur les lèvres de
Renaud.

— Mon dévoûment, dit-il.

— Oh! je le reconnais, ne put s'empêcher
de répondre Richard.

— Il te pèse? demanda le mari de Marguerite.

— Il m'écrase, s'écria Richard en courbant
la tête.

— Pourquoi? reprit Renaud. Je ne te demande rien, j'oublie même tes torts, ils n'exis-

tent plus pour moi, je ne veux pas m'en souvenir ;
dès lors tu es bien l'homme que j'ai voulu, je
suis payé. Va, je ne sais si ton sang est le mien,
je ne veux pas le savoir ; mais je remonte
dans le passé, je te vois chétif, ignorant et
pauvre dans ton berceau : et je me dis en
voyant aujourd'hui ce que tu es : « C'est mon
œuvre, je n'ai pas perdu ma vie ! »

Tant de grandeur et de générosité ne devaient
pas tarder à trouver leur récompense ; Richard,
ainsi qu'il venait de le dire, se sentait littéra-
lement écrasé par ce grand cœur dont, pour la
première fois il comprenait toute la noblesse.
Marguerite admirait, subjuguée, éblouie.

— Vous êtes un Dieu, s'écria t-elle, et s'emparant d'une des mains de Renaud, elle la porta
pieusement à ses lèvres.

—A votre tour écoutez-moi, reprit Richard en
tâchant de faire jour, au travers de ses sanglots,
aux paroles qui se pressaient sur ses lèvres, le
moindre doute vous a-t-il empêché de m'aimer
comme votre propre fils? Vous venez de me le
prouver ; votre tendresse et votre sollicitude
pour moi ont été sans bornes. Eh bien, fit-il
d'une voix forte, je m'adresse à Dieu dans ce

moment suprême, j'interroge mon cœur, mon sang et mes fibres : et Dieu, comme chaque atome de moi-même, me crie : « C'est ton père ! »

Renaud triomphait.

L'amour filial avait vaincu l'amour !

— Mon Richard, s'écria-t-il en ouvrant ses bras au jeune homme qui s'y précipita.

— Oh ! le ciel est bon ! s'écria Marguerite.

— Mais, reprit Henri au bout d'un moment, en dégageant Marguerite de son étreinte, à ton tour, le moindre doute ne viendra-t-il jamais amoindrir ton affection pour moi ?

— Oh ! jamais !

— Si même, par hasard, tu te trouvais placé dans une de ces situations indéfinissables d'avance comme tout ce qui constitue l'imprévu de la vie humaine, ne te dirais-tu point : « Si je n'étais pas son fils ! »

— Non, cent fois, je le jure.

— Ah ! tu es bien enfant, fit Henri.

Et s'adressant à Marguerite :

— Tu n'es pas jalouse, n'est-ce pas, ma chère femme ? dit-il.

— Votre affection n'éveille que mon admira-

tion, et j'en suis heureuse, répondit madame
Renaud d'une voix attendrie.

— Merci Marguerite... Tiens, Richard, dit
Renaud en tirant de sa poche ce que lui avait
remis Ferrand, prends ce brevet... Stephano.

— Vous saviez donc? s'écria la jeune femme.

— Oh! pardonnez-moi, mon père.

Et Richard se jeta à genoux.

— Et quoi donc? reprit Renaud avec grandeur. De m'avoir caché que tu avais du courage, afin de m'épargner mille craintes et de
t'en être servi pour sauver ce qu'avec toi j'aime
le plus au monde? Je n'ai rien à te pardonner,
mon fils ; relève-toi.

La sublime conduite de son mari subjuguait
Marguerite, sans amoindrir Richard. Cependant,
Henri s'était tellement grandi vis-à-vis d'elle,
qu'à côté de cet être qui lui devait tout, il lui
semblait un géant pour l'âme et le cœur, et
ne résistant plus à son enthousiasme, laissant
une seconde fois un libre cours à toute son admiration, elle s'écria avec un accent qui jusqu'alors
n'avait jamais vibré en elle :

— Henri ! que je vous aime !

Richard entendit ces paroles sans pâlir, et

surtout la raison lui revint tout entière. Sous l'empire de la reconnaissance et de l'accomplissement du plus sacré des devoirs, il dit à celle qui n'était désormais pour lui qu'une sœur et qu'une amie :-

— Aimez-le, aimez-le de toute votre âme, madame, comme je le chéris, moi, de toutes les forces de mon cœur !

En cet instant Renaud se sentait récompensé de tous ses travaux et de toutes ses vertus.

— Tu épouseras Angèle? demanda-t-il à Richard.

— Oui, mon père.

— Sans regret cette fois?

— Comme un homme qui n'a jamais vécu et dont l'âme et le cœur s'éveillent tout à coup.

— Mon cher enfant !

— Soyez heureux, monsieur Richard.

— Je vous remercie, ma mère, répondit-il en regardant Renaud.

Une heure après, le contrat d'Angèle et de Richard fut signé chez Ferrand.

Lorsque les intimes qui avaient assisté à cette cérémonie se furent retirés, Henri dit à ses parents qu'aussitôt après le mariage il partirait avec Marguerite pour le Midi.

— La santé de Marguerite exige que nous allions passer quelques mois à Cannes ou à Hyères, dit-il pour justifier son départ ; puis, si nous restions tous ici, il faudrait empêcher à ces chers enfants, qui ne pourraient en savourer à loisir toute la douceur au milieu de tant de monde, d'aller passer au loin leur lune de miel, et je ne veux pas vous séparer de votre fille, Ferrand.

— C'est bien, cela ! fit le peintre enchanté de la proposition. Je tremblais, vous le savez, que Richard ne me l'enlevât.

— Nous resterons, mon père, dit Angèle.

Ursule vint féliciter les fiancés.

— Ah ! ma bonne Ursule, lui dit Richard, je t'aimais bien déjà, mais, dès aujourd'hui, je veux remplacer le fils que tu pleures.

— Que dis-tu donc ? fit la bonne femme ; mais je n'ai jamais eu d'enfant.

Henri écoutait.

— Comprends-tu, mon fils, j'ai voulu te sau-

ver en ne m'adressant qu'à ton cœur, fit-il :
mon roman devait réussir.

— Et vous partez ?

— Nous reviendrons, Richard.

— Quand cela ?

— Tu nous rappelleras.

X V

. . . .

Dix mois après, Henri qui se trouvait à Nice, reçut une lettre de Richard.

Voici ce qu'elle contenait :

« Père, mon fils attend son parrain. »

Renaud relut deux fois cette phrase, et une larme brilla sur sa paupière; puis il prit une plume et répondit :

Nice, août 1873.

« Cher Richard,

» Demain, nous partons pour Chatou. Dieu aussi a béni notre amour : tu as une sœur. J'espère que tu lui donneras ton nom, le jour où je donnerai le mien à ton fils.

» Le passé est mort : vive l'avenir!

» Maintenant nous sommes une famille.

» Je t'aime, et j'ai hâte d'embrasser mon petit-fils ainsi que son père.

HENRI RENAUD. »

FIN

Imprimerie générale de Châtillon-sur-Seine, Jeanne Robert.

www.ingramcontent.com/pod-product-compliance
Lightning Source LLC
Chambersburg PA
CBHW050145030726
47505CB00005B/1234